ÉCHOS
DANS LE TEMPS

PIERRE BORDAGE

ÉCHOS
DANS LE TEMPS

Collection dirigée par Thibaud Eliroff

1

Chers amis,

Voici maintenant près de cent ans
que nous avons signé notre pacte
et que nous nous sommes enfuis.
Le temps a filé à la vitesse d'un
songe depuis l'année de notre arrivée,
1918, à la fin de la Première Guerre
mondiale. Après avoir assisté au
début de la Grande Dépression, à la
montée du nazisme et traversé l'autre
terrible guerre, les années fastes,
le désenchantement, l'épuisement des
ressources, nous voici au seuil d'une
nouvelle crise mondiale. Nous sommes
bien vieux, sans doute, en regard
des critères de cette époque. Je me
permets de vous contacter parce que
je pense que le temps de nos retrouvailles est venu.

Ma quatrième femme m'a comblé de joie
avant que la maladie ne l'emporte.

Un cancer de l'utérus mal diagnostiqué et mal soigné. Elle n'avait pas encore quarante ans. Je ne sais pas si son affection avait un lien psychosomatique avec son désir de maternité non assouvi. Elle m'a longtemps réclamé un enfant, cet enfant que je n'avais pas le droit de lui donner. Elle est revenue chaque jour ou presque à la charge. Plus le temps passait, et plus elle paniquait à l'idée qu'il serait bientôt trop tard pour elle. J'ai dû lui mentir en prétendant que j'étais stérile et en m'arrangeant pour ne jamais répandre en elle ma semence. Elle m'a alors proposé la fécondation artificielle avec le spermatozoïde d'un anonyme. Je me suis interrogé. J'avais très envie de lui faire plaisir, et je suppose qu'une paternité non génétique n'aurait rien changé à notre pacte. Hélas pour elle, elle est tombée malade au moment où elle entamait les démarches. Me croyez-vous si je vous dis que j'en ai conçu de la peine ? Bien sûr que vous me croyez : nous n'avons aucune raison de nous cacher quoi que ce soit, n'est-ce pas ? Et vous, où en êtes-vous de vos vies intimes ? Comment réagissent les gens autour de vous ? Ne s'étonnent-ils pas de votre longévité ? De votre jeunesse éternelle ? J'ai connu pour ma part onze résidences depuis notre incroyable évasion. Lorsque les questions deviennent trop embarrassantes, je m'arrange pour changer d'endroit et d'état civil - il ne m'est pas très difficile de me procurer de nouvelles identités.

J'ai failli me faire surprendre une fois par une femme plus perspicace que les autres, et j'ai dû m'arranger pour la réduire définitivement au silence. Je ne l'ai pas tuée, évidemment, je lui ai simplement occulté une partie de la mémoire. Mon imprudence aurait pu me coûter cher, *nous* coûter cher, et je me suis juré de montrer à l'avenir plus de circonspection. Dès lors, j'ai planifié avec le plus grand soin chacune de mes nouvelles vies, menant la plupart du temps une existence retirée, fuyant les mondanités, évitant toute apparition publique. Mes connaissances des marchés financiers m'ont permis de vivre confortablement en toute discrétion. Je me suis ainsi séparé d'une de mes épouses qui ne rêvait que de célébrité, une jeune femme aussi belle que dépensière qui a su me divertir pendant quelques années avant de se faire encombrante. Elle voulait à tout prix devenir actrice, mais ses dons pour la comédie tenaient tout entiers dans les courbes délicieuses de son corps. Les metteurs en scène et autres représentants du monde du spectacle qu'elle invitait sans cesse à notre domicile n'avaient visiblement qu'une idée en tête : l'attirer dans leur lit. Ils me souriaient de toutes leurs fausses dents blanches, parlaient de cinéma et de théâtre avec des airs et des poses risibles, mais leurs véritables intentions se lisaient aussi clairement que les mots écrits en gros caractères dans les livres pour enfants. J'ai prolongé l'expérience tant qu'elle m'amusait, puis j'y ai mis un terme.

Que vous dire d'autre, mes amis ? Que je ne regrette rien ? Que nous avons pris la bonne décision ? J'en doute parfois, mais le doute prouve au moins que nous sommes humains. Je me réjouis que l'avènement massif d'internet au début des années 2000 nous ait permis de renouer et de garder le contact. Avec notre système de cryptage, nos échanges sont, me semble-t-il, mieux protégés que les lettres que nous nous envoyions auparavant, toujours susceptibles de tomber entre de mauvaises mains. Elles nous contraignaient de surcroît à utiliser un langage codé qui, je l'avoue, me décourageait de vous écrire. Avec les écoutes téléphoniques et la surveillance globale qui se met en place, le téléphone n'est pas non plus un mode de communication très fiable. Je ne sais pas combien de temps encore la privauté sera respectée sur la toile, ni combien de temps durera notre aventure, mais je suis soulagé que nous puissions de nouveau correspondre.

Je suis gagné de temps à autre par un étrange sentiment qui s'apparente, je crois, à la mélancolie ; j'éprouve le besoin urgent de ressentir votre présence. Sans doute un effet du sentiment de solitude qui s'enracine en moi de plus en plus profondément. Je ne puis vraiment partager avec personne d'autre que vous. Est-ce une conséquence naturelle de ce temps que nous ne savons toujours pas apprivoiser, ou le signe d'une dégradation accélérée ? Ou bien encore, est-ce parce que nous n'avons aucune prise sur les événements et que nous assistons, impuissants, à la chute inexorable de cette humanité dont nous demeurons les enfants ?

Les proches de ma dernière femme sont repartis hier après la cérémonie d'incinération. Leur chagrin m'a bouleversé.

Le moment me semble tout indiqué pour l'organisation de la rencontre que nous évoquons depuis presque quatre-vingts ans. Qu'en pensez-vous ?

Pourrez-vous vous libérer de votre côté ? Il nous faudrait choisir un endroit discret et nous y rendre incognito munis de nouveaux passeports. Avez-vous des suggestions ? Peut-être un pays équidistant de nos domiciles actuels ?

Quoi qu'il en soit, le temps est venu d'unir nos échos et de nous réjouir de nos retrouvailles.
Très sincèrement vôtre,

V. Pointe 2 de la Trimurti

Trente-deux ans, et probablement moins de douze mois à vivre.

Je souffre d'une maladie orpheline qui porte le doux nom d'insomnie fatale familiale, IFF pour les intimes. Membre de la sympathique bande des encéphalites spongiformes transmissibles, incurable, implacable, elle touche les noyaux dorsomédian et antérieur du thalamus, la région du cerveau qui contrôle le sommeil. Une mutation du codon 178, un prion, oui, comme la vache folle, une protéine prise de démence qui transforme l'asparagine en acide aspartique, rien que ça.

Le seul avantage de l'IFF, Jeanne, a plaisanté le neurologue avec un sourire hideux, c'est que vous n'aurez pas besoin de régime pour perdre du poids – cinquante-deux kilos pour un mètre soixante-cinq depuis mes dix-huit ans, je n'ai jamais eu de problème de poids. Difficultés motrices et troubles sphinctériens au programme, démence, puis mort. Charmant. Dieu merci, qui ce soit merci, je n'ai pas eu d'enfant. Mes amours chaotiques n'ont donné aucun fruit, et je m'en félicite aujourd'hui : je m'imagine mal en maman expliquant à ses ravissants bambins qu'elle doit porter des couches comme eux, que ses gestes tendres s'achèvent en gifles involontaires et que, non, maman n'apprend pas à marcher comme eux, c'est seulement que la tête de maman ne contrôle plus ses jambes. Pas de mec non plus : j'ai eu l'élégance de rompre avec Benjamin, le dernier en date, quelques semaines avant qu'on ne pose le funeste diagnostic sur mes insomnies répétées, mes humeurs massacrantes et mon épuisement grandissant. Aucun regret : une vraie tête à claques, Benjamin, égocentrique – le mot semble avoir été inventé pour lui –, indélicat, susceptible, radin, baratineur, jaloux obsessionnel et, pour couronner le tout, éjaculateur précoce, comme s'il avait concentré en lui les défauts épars des autres hommes ayant traversé ma vie.

Le monde médical m'a mise en congé maladie longue durée. J'ai demandé et obtenu la permission de m'installer chez mon père. Contre toute attente, lui, l'ancien citadin enragé, a choisi pour lieu de retraite un minuscule village du causse Méjean, Saint-Pierre-des-Tripiers, quatre-vingts habitants au dernier recensement. Environnement splendide entre les gorges du Tarn et celles de la Joute, mais désertique. Presque une heure de bus pour consulter le neurologue le plus proche, à Millau. Comme ce dernier ne me retourne rien d'autre qu'un haussement d'épaules désolé, des médicaments inutiles et un humour discutable, j'ai décidé d'interrompre les consultations et de voir une fois par semaine un vieux radiesthésiste à l'hygiène douteuse recommandé par la grande Isa, l'épicière ambulante.

Je ne sais pas si mon père apprécie ma présence, il porte un masque en guise de visage, et la clarté de ses yeux bleu ciel d'hiver ne suffit pas à donner un aperçu de son âme. Je peux en tout cas passer un peu de temps avec Matthieu, mon petit frère, l'un de ceux qu'on appelle avec pudeur handicapé mental, tandis que les gens d'ici le disent avec une simplicité rugueuse débile ou idiot. La fratrie Boisvin a tiré les mauvaises cartes génétiques : une leucémie a foudroyé Benoît, l'aîné, à l'âge de vingt-sept ans, je n'en ai plus que pour quelques mois à vivre, et Matthieu est programmé pour mourir avant ses quarante ans… Je me suis penchée sur l'arbre généalogique entamé par ma mère et complété par mon père. Mon grand-père et mon arrière-grand-père du côté paternel sont morts tous les deux d'une cirrhose du foie avant leurs cinquante ans. Pas beaucoup mieux du côté maternel, une arrière-grand-mère internée dans un établissement psychiatrique à l'aube de la cinquantaine, un grand-père ayant eu des relations incestueuses avec ses trois filles (j'ai pêché l'info dans le journal que ma mère a tenu à l'insu de mon père et qu'elle n'a pas eu le temps de détruire avant sa mort), dont la plus jeune, ma mère, elle-même emportée par un cancer de l'utérus à l'âge de quarante-trois ans.

J'ai fait la connaissance de Kort environ six mois après mon installation à Saint-Pierre-des-Tripiers.

Kort n'est pas un homme ordinaire. J'ignore même s'il est un homme tout court. Son irruption dans ma vie a été précédée d'un écho, je n'ai pas trouvé d'autre mot pour décrire ce que j'ai ressenti la nuit où, guidée par la vibration qui résonnait en moi comme le fantôme d'un son ravissant, je l'ai trouvé évanoui sur le causse. Je me suis demandé si je ne souffrais pas des hallucinations sensorielles annoncées par le neurologue. Un paroxysme, une distorsion de mes perceptions ? J'avais consulté les sites internet consacrés à l'insomnie fatale familiale. Dans un forum, une femme de soixante ans atteinte de la maladie témoignait de ses impressions récurrentes d'être écartelée entre deux mondes. Une autre, cinquante-deux ans, racontait que, chez son mari, la sensation permanente de dédoublement avait précédé de quelques semaines la démence, le mutisme et le décès. Tous convenaient que les somnifères n'avaient aucun effet, que les périodes de sommeil étaient de moins en moins longues et la souffrance de plus en plus vive. Je regrettais amèrement d'avoir rôdé sur la toile où je n'avais glané que des motifs de découragement.

Le rayon de ma lampe a révélé une silhouette penchée au-dessus d'un corps inerte allongé au pied d'un talus. Je n'ai pas eu le temps de m'en inquiéter, car j'ai immédiatement reconnu mon frère, dont la présence m'a rassurée : l'écho n'était donc pas une illusion sensorielle, Matthieu et moi nous retrouvions dans le même coin paumé en pleine nuit sans que nous nous soyons concertés.

3 h 14, indiquait mon téléphone portable dont, étant donné l'indigence des réseaux dans le coin, l'horloge est devenue la fonction principale.

« Tu as entendu ce drôle de son ? »

Matthieu m'a répondu par cet étrange grognement qui lui tient lieu d'acquiescement. Il fixait l'inconnu étendu dans l'herbe avec un mélange d'intérêt et de peur qui révélait son âge mental de huit ou neuf ans alors qu'il venait de passer le cap de la trentaine deux mois plus tôt. J'ai cru l'homme mort avant de me pencher sur lui et de constater qu'il respirait. Il portait une étrange combinaison grise dont le tissu lisse brillait par intermittence aux lueurs des étoiles et de la lune. La robe de chambre que j'avais enfilée à la hâte par-dessus mon pyjama d'homme à carreaux ne me protégeait pas du froid vif. Les nuits de mai restent fraîches sur le causse. Yeux exorbités, bouche entrouverte, vêtu de ses seuls sous-vêtements, Matthieu ne semblait pas souffrir des morsures du vent. Comme il n'avait aucun sens de la pudeur, ça ne le dérangeait pas le moins du monde de se pointer au petit déjeuner avec une monumentale érection mal contenue par son caleçon.

L'inconnu a repris conscience une dizaine de minutes plus tard. Il a voulu se lever, mais ses jambes ont refusé de le porter, et il s'est affaissé comme un veau à peine mis bas qui tente de se camper sur ses pattes fuyantes. Les proportions parfaites et l'aspect lisse de ses traits m'ont fait penser à une statue grecque ou à un androïde d'un film de science-fiction. La pâleur de son visage contrastait avec la noirceur de sa chevelure bouclée et mi-longue. Difficile de lui donner un âge. Les nuances de sa combinaison changeaient au gré de ses mouvements. Je me suis accroupie près de sa tête. La vibration a de nouveau résonné en moi, plus forte, toujours aussi envoûtante. J'ai pointé le rayon de la lampe sur son visage. Ses yeux clairs étaient dépourvus d'expression. La vibration s'est interrompue, et j'en ai éprouvé une vive déception, comme si la porte à peine entrebâillée d'un monde fabuleux se refermait brutalement. J'ai de nouveau sombré dans le vide qui se déployait en moi depuis quelques mois, étirant les distances entre les différentes parties de mon corps. J'ai contenu comme j'ai pu une brusque envie de vider ma vessie. Je n'avais pas pris le temps d'enfiler une culotte, et quelques gouttes brûlantes ont dégoutté entre mes cuisses. Le début des troubles sphinctériens, sans doute.

« On ne peut pas le laisser là. »

Il s'est écroulé comme une masse sur le lit de la chambre d'amis. Matthieu et moi l'avions soutenu tout au long du chemin. L'effort m'avait exténuée. Mon crâne semblait sur le point d'exploser. J'ai cependant pris le temps de l'observer à la lueur de la lampe de chevet poussiéreuse, espérant vaguement percevoir la vibration qui m'avait enchantée quelques heures plus tôt. Mon regard a glissé sur son visage sans lui trouver un seul défaut. Sa beauté en devenait irréelle, olympienne. Je lui ai envié son sommeil profond, rythmé par une respiration lente et régulière. Depuis combien de temps n'avais-je pas plongé dans un sommeil réparateur ? Depuis combien de temps n'avais-je pas eu cette sensation merveilleuse de tremper dans le bain d'oubli, puis d'émerger, régénérée, du long tunnel nocturne ? J'ai remarqué qu'aucun système de fermeture n'était visible sur la combinaison ni sur les chaussures montantes de l'inconnu. Puis, par l'un de ces méandres dont est coutumier l'esprit humain, le mien en tout cas, j'ai tiré une sorte de bilan de ma vie, comme si la perfection esthétique de l'inconnu m'invitait à regarder mes insuffisances en face. Pas brillant. Des études poussives, une seule expérience professionnelle : statisticienne à l'INSEE, un amour de jeunesse – mon seul véritable amour – fracassé par un accident de voiture, des aventures avec des hommes mariés dans des hôtels minables, des sites de rencontres, des échecs à la chaîne jusqu'à Benjamin, le dernier, le pire, les réveils intempestifs, des céphalées lancinantes, un sommeil se réduisant comme peau de chagrin, bref, une inexorable glissade vers le royaume des ombres qui s'est brutalement accélérée à partir de mes trente ans.

« Qui c'est, celui-là ? »

La voix rugueuse de mon père m'a tirée de ma somnolence. Je m'étais assoupie dans le fauteuil désarticulé calé contre la cloison. J'ai failli hurler. Il savait pourtant que le manque de sommeil était en train de me voler ma vie, il aurait pu respecter mes rares et précieux moments d'abandon. Il fixait l'homme allongé sur le lit avec cet air défiant qu'il arborait chaque fois qu'il était confronté à une nouveauté ou un imprévu. Sous son épaisse tignasse blanche, ses rides profondes l'apparentaient à l'un de ces fagots de sarments qui lui servaient d'allume-feu pour l'insert.

« Quelqu'un que Matthieu et moi avons récupéré cette nuit sur le causse, ai-je répondu avec une agressivité mal contrôlée. Il était évanoui. »

Il a posé sur moi ses yeux clairs, une moue dubitative sur les lèvres.

« Comment tu as su qu'il était sur le causse ? »

J'ai pris le temps de choisir mes mots.

« Des chiens ont aboyé. Comme je ne dormais pas, je suis allée voir, et je l'ai trouvé allongé près d'un talus.

— Tu l'as ramené seule ?

— Avec Matthieu. »

Mon père a boutonné l'épaisse chemise à carreaux qu'il avait enfilée à la hâte par-dessus son tee-shirt et son sempiternel pantalon bleu. Ses mains parsemées de larges taches brunes s'agitaient comme des oiseaux aux ailes rognées.

« Qu'est-ce que tu prévois d'en faire ?

— Attendre qu'il se réveille et, s'il le faut, prévenir le Bosse demain matin. »

Le Bosse, surnom du toubib du bourg voisin, médecin conventionné et peu conventionnel.

« Les gens vont se demander ce que cet homme fabrique chez nous.

— Les gens, on les… »

Je me suis interrompue. Mon père détestait qu'on prononce des gros mots devant lui : ils attiraient, selon lui, la malédiction sur sa maison – la malédiction n'avait pas eu besoin de prétextes pour s'inviter dans la famille.

« On peut encore venir en aide à son prochain, ai-je repris d'un ton plus calme. C'est même écrit dans les Évangiles. »

Il n'aimait pas non plus mes allusions à un Livre auquel, pourtant, en tant que chrétien pratiquant, il se référait sans cesse.

« Va te recoucher.

— Je te rappelle que je ne dors plus.

— C'est pourtant ce que tu étais en train de faire quand je suis entré dans cette pièce.

— Merci de m'avoir réveillée, d'ailleurs. »

Il a bougonné quelques mots avant de battre en retraite. Je l'ai retrouvé quelques instants plus tard dans la cuisine, en train de boire son premier café du matin, l'oreille collée au vieux transistor qui crachait en vrac informations, parasites et publicités. 6 h 10, selon la pendule au tic-tac horripilant. Comme tous les jours depuis maintenant cinq mois, l'ombre de l'insomnie me pesait sur la nuque et les épaules. Je me suis forcée à ingurgiter un petit déjeuner malgré mon manque d'appétit.

Mon père m'a regardée manger du bout des lèvres mes deux tranches de pain grillé.

« C'est pas juste, tout ça. » Sa voix n'était qu'un murmure grave en partie couvert par la voix surexcitée de l'animateur radio. « C'est à moi de mourir, j'ai déjà trop vécu, perdu trop de monde. »

J'ai mis du temps à réagir ; il n'avait pas pour habitude de se plaindre.

« Quelqu'un doit rester pour s'occuper de Matthieu…

— Il me sera retiré, comme Benoît, comme toi, comme votre mère. » J'ai cru qu'il allait fondre en larmes ; je ne l'avais jamais vu pleurer. « Qu'ai-je donc fait au bon Dieu pour être puni comme ça ? »

Je me suis versé du café dans mon bol. Comme chaque matin, j'en ai semé quelques gouttes sur le bois usé de la table.

« Il ne s'agit pas de punition divine, papa, mais de génétique.

— Elle a bon dos, la génétique !

— En tant que chrétien, tu ne devrais pas craindre la mort puisque tu crois en la résurrection, en la vie éternelle.

— Tu n'y crois pas, toi ?

— Je ne sais plus très bien ce que je crois…

— Je ne suis plus sûr moi non plus de croire en quoi que ce soit.

— Essayons seulement de vivre au mieux les derniers… »

La porte de la chambre d'amis s'est ouverte sur l'inconnu, qui est entré dans la pièce d'une allure titubante. Il m'a paru plus grand que dans mon souvenir, comme si le jour naissant lui restituait ses véritables dimensions. Aucune lumière ne brillait dans ses yeux gris cerclés d'or. Un détail m'a frappée : le bas de son visage était parfaitement glabre. Matthieu lui-même, dont le système pileux n'était pourtant pas très développé, se présentait chaque matin avec le menton et les joues ombrés de barbe.

« Comment vous sentez-vous ? »

Il n'a pas répondu.

« Il n'a pas l'air du coin, a dit mon père. Il ne comprend peut-être pas le français.

— On ne peut tout de même pas le laisser repartir sans savoir s'il… »

L'inconnu s'est affaissé sur le carrelage avec la légèreté d'une feuille morte. Je me suis penchée sur lui, lui ai posé le pouce et l'index sur les jugulaires, ai senti un pouls régulier et entrepris, avec l'aide de mon père, de le ramener dans la chambre d'amis. Nous l'avons veillé un petit moment, puis, constatant qu'il respirait paisiblement, nous sommes sortis de la pièce.

J'ai perçu l'écho la nuit suivante, moins puissant et envoûtant que la première fois, mais tout de même agréable.

3 h 45.

Je n'avais pas fermé l'œil, aux prises avec une migraine tenace. Les heures s'étaient égrenées avec une lenteur crispante. J'avais cru voir une silhouette se déplacer dans l'obscurité de ma chambre, une phase hallucinatoire, probablement. J'ai eu la brusque certitude que l'inconnu avait repris connaissance, me suis levée, ai enfilé en toute hâte ma robe de chambre, dévalé l'escalier quatre à quatre et, pieds nus, filé à grandes enjambées vers la chambre d'amis.

J'ai pressé l'interrupteur près de la porte. Assis sur le lit, l'homme a tourné la tête dans ma direction. J'ai vu immédiatement que la vie était revenue dans ses yeux. Toujours pas le moindre embryon de barbe sur son menton et ses joues lisses. La profondeur de son regard m'a étonnée, comme s'il me contemplait depuis un autre espace-temps.

« Vous allez bien ? »

Pas de réaction.

« Vous parlez français ? »

Il a remué légèrement la tête sans me quitter des yeux.

« Oui, je parle votre langue. »

Il marquait une hésitation entre chaque mot.

« Comment vous sentez-vous ? »

Nouveau silence.

« Très fatigué. Besoin de repos. »

Il semblait se livrer à un exercice de diction devant son professeur de français.

« D'où venez-vous ? »

Il a hésité.

« De très… loin.

— Qu'est-ce que vous fichiez en pleine nuit sur le causse ?

— Je… je ne sais pas.

— Vous avez perdu la mémoire ? »

Il est resté un long moment immobile, sans même cligner un cil, comme une machine déconnectée. Aucune ride ne striait son visage et, pourtant, il semblait porteur d'une très longue histoire. Son corps était en tout cas la caisse de résonance, l'épicentre d'où partait l'écho. Je me suis demandé par quel prodige la vibration avait parcouru plusieurs kilomètres pour échouer dans ma chambre, et si d'autres que Matthieu et moi l'avaient perçue.

« On peut le dire ainsi, a-t-il fini par répondre.

— Vous ne savez pas où aller ?

— Je ne me souviens pas encore par où commencer.

— Commencer quoi ? » Il n'a pas répondu. J'ai insisté : « Si vous parlez de commencer quelque chose, c'est que vous avez une idée de ce que vous faites là. »

Il m'a fixée avec une intensité saisissante, presque menaçante.

« Ne cherchez pas à savoir. »

J'ai retenu les questions qui me brûlaient les lèvres.

« Voulez-vous que nous appelions un médecin pour faire un bilan de…

— Cela ne sera pas nécessaire. J'ai seulement besoin de deux à trois jours de repos. »

Matthieu s'est engouffré sans s'annoncer dans la chambre. Il n'avait pas pris le temps d'enfiler son peignoir par-dessus son caleçon et son tee-shirt. Il refusait obstinément de porter les nouveaux pyjamas que je lui avais offerts à Noël dernier. Il s'est approché de l'inconnu et l'a dévisagé avec une indiscrétion consternante.

« Matthieu, on n'est pas au zoo. »

Il s'est reculé en maugréant, la main plongée dans le caleçon pour se gratter furieusement l'entrejambe.

« Vous pouvez rester ici tout le temps qui vous est nécessaire. »

Ma proposition n'enchanterait sûrement pas mon père, mais j'ai espéré que l'inconnu l'accepterait.

« D'accord, merci. »

J'ai souri : je continuerais de percevoir la vibration pendant au moins deux à trois jours.

« Comment vous appelez-vous ? »

Les yeux de l'inconnu se sont posés tour à tour sur Matthieu et moi, comme s'il procédait à une évaluation.

« Kort. »

2

Cher ami,

N'ayant pas reçu de nouvelles de la pointe 3 de la Trimurti, je vous avoue que je suis inquiet. Avez-vous de votre côté appris quelque chose au sujet de Shiva ? Je crains, hélas, qu'il n'ait fait preuve d'une grande imprudence et que son secret, le nôtre par conséquent, n'ait été percé à jour.

Cette obstination à vivre dans une maison ayant appartenu à sa famille me paraissait à la fois dangereuse et puérile, et les faits me donnent raison. Nous restons à jamais des fugitifs, des ombres, des spectres, et ne devons à aucun prix être rattrapés par nos histoires personnelles. Nos adversaires n'abandonneront pas. Nous avons pris le maximum de précautions, mais, vous le savez aussi bien que moi, les certitudes absolues n'existent pas – n'est-ce pas d'ailleurs le beau principe d'incertitude qui nous a permis d'échapper au pire ? Ne négligeons pas l'hypothèse que nos ennemis puissent retrouver notre piste et lancer les humods à nos trousses. La trame spatio-temporelle contenant en elle le passé, le présent et l'avenir, nous avons peut-être laissé une trace. Si nous avons pu la plier à nos convenances, d'autres y parviendront tôt ou tard. Aussi je ne peux que vous louer, cher ami, d'avoir pris conscience de votre imprudence et d'y avoir remédié avec l'énergie qui vous caractérise. Comme vous, je souffre d'un sentiment de solitude qui a tendance à s'amplifier avec le temps. Comme vous, je suis gagné par une nostalgie pernicieuse qui me pousse à chercher la compagnie intime et rassurante d'hommes et de femmes (vous vous souvenez, n'est-ce pas, de ma préférence pour les hommes ?).

Comme vous, j'ai ressenti une peine immense quand certains d'entre eux m'ont quitté, emportés par la vieillesse ou la maladie. Comme vous, je doute parfois d'avoir pris la bonne décision. Comme vous, je me demande si, malgré notre serment de rester à notre place, nous avions le droit d'agir ainsi que nous l'avons fait. Comme vous, je change sans cesse de résidence et d'identité pour éviter les questions sur ma longévité. Comme vous, j'ai dû refuser deux paternités que je désirais de toutes mes fibres, m'interdisant formellement ce réflexe archaïque qui nous pousse à perpétuer les gènes.

Votre proposition de retrouvailles tombe à pic. Je brûle d'envie de m'aligner sur votre écho. Bien que je sois en excellente santé, j'aurais l'impression de me régénérer, de recouvrer mon intégrité d'être humain. Je me sens amoindri, je vous l'avoue, depuis que nous nous sommes réfugiés ici, comme si j'étais peu à peu imprégné par la dysharmonie qui caractérise cette époque. Mais sans doute étions-nous déjà frappés de la malédiction humaine pour nous lancer dans une telle folie et mettre en péril les fragiles équilibres de la trame.

Espérons donc recevoir bientôt des nouvelles de la pointe 3 et nous pourrons reconstituer la Trimurti, organiser cette rencontre qui me réjouit d'avance. Un rapide calcul des équidistances de nos domiciles donne, comme lieu de rendez-vous, le nord de l'Inde ou le Népal. Le Bhoutan peut-être. La politique restrictive de ce pays en matière de tourisme nous garantirait une certaine tranquillité, et cette contrée regorge de monastères perdus au beau milieu de l'Himalaya. Qu'en pensez-vous ?

En espérant vous lire très bientôt et en vous assurant de ma très fidèle amitié,

B. Pointe 1 de la Trimurti

P-S : J'ai, bien entendu, expédié ce courriel en copie à la pointe 3.

Cher ami,

Je n'ai pas non plus de nouvelles de la pointe 3, et je m'en inquiète autant que vous. Sans doute le fait d'être resté dans le même endroit depuis notre arrivée était une grave erreur. Ce n'est pourtant pas faute de l'avoir mis en garde, mais son sentimentalisme d'un autre âge a probablement altéré sa lucidité. Par ailleurs, il me semble, mais peut-être n'est-ce qu'une hypertrophie de mes perceptions, avoir ressenti une perturbation de la trame. Un écho blessant. L'avez-vous également perçu ? Une question me hante désormais : a-t-on, là-bas, retrouvé ces traces dont vous parliez dans votre message ? Sommes-nous en danger ? J'espère que mes inquiétudes ne sont pas liées à mon état légèrement dépressif causé par la mort de ma dernière épouse. Vous connaissez comme moi l'influence de la psyché humaine sur le monde des phénomènes. Nos frères humains ne se rendent pas compte à quel point ils sont liés à leur environnement.

Pour ma part, je suis en train de me forger une nouvelle identité, une nouvelle histoire. J'ai tellement brouillé de pistes que je ne suis pas certain de m'y retrouver moi-même. Quelle ironie, n'est-ce pas ? Être obligé de se perdre dans les méandres d'un temps que nous avons nous-mêmes perverti.

On peut échapper à ses ennemis, pas à son destin.

Le pays que vous suggérez me paraît un excellent choix. Le cadre de notre rencontre serait à la fois grandiose et sauvage, à la mesure de notre aventure. Il nous suffirait de prendre un avion à destination de Paro. Nous pourrions ensuite louer un minibus pour nous éloigner de Timphu, la capitale, et, là, enfin nous abandonner à la puissance de l'échosion. Je mets

également ce message en copie à la
pointe 3 en espérant de tout cœur
qu'il reprendra bientôt contact avec
nous.

Dans l'attente de vous lire,
Avec mes amitiés,

V. Pointe 2 de la Trimurti

Le soir du troisième jour, Kort a déclaré qu'il
se sentait suffisamment remis et qu'il partirait
le lendemain matin. Assis en face de moi à
la grande table en bois massif, il n'avait avalé
qu'une cuillerée de potage au potimarron, *la*
spécialité de mon père.

Ma main s'est suspendue entre mon assiette et
ma bouche, mon sang s'est gelé, comme si la
mort à l'affût exploitait ma déception pour poser
ses premiers collets. La veille, j'étais allée voir
le magnétiseur dans sa maison isolée et sombre
perdue sur le causse. Le vieil homme édenté et
puant avait secoué son pendule en bois dans
tous les sens en soufflant comme un bœuf. Au
bout de quelques minutes de mouvements fré-
nétiques, il avait levé sur moi des yeux désolés :
*J'peux pas grand-chose pour toi, ma douce, le
mal a pris de l'avance, tu comprends ?* Il avait
éteint la fragile flamme d'espoir que j'entretenais
tant bien que mal après mon entretien avec le
neurologue du CHU. Après avoir consulté des
centaines de sites de médecine alternative sur

internet, chromothérapie, aromathérapie, guérison par les pierres précieuses, cures ayurvédiques, régimes alimentaires miracles, pratiques chamaniques, élixirs floraux de Bach, techniques plus ou moins délirantes comme les sons quantiques transmis par téléphone, je n'y croyais plus, j'avais accepté l'idée de mourir, je le souhaitais même. Mais l'irrationnel était revenu au galop depuis l'irruption de Kort dans ma vie : je me raccrochais à la vibration qu'il émettait comme une naufragée à une planche. Elle m'apaisait, elle me redonnait le goût de l'abandon, mon mal de crâne avait sensiblement diminué, j'avais dormi la nuit précédente deux heures d'affilée, un petit bonheur que je n'avais pas connu depuis quatre mois. J'avais beau me dire que mon imagination me jouait des tours, je ne pouvais pas m'empêcher d'établir le lien entre la présence de Kort et l'amélioration de mon état. Il ne répondait pas à mes questions, je ne savais rien de lui, sinon qu'il venait de loin et qu'il se sentait de mieux en mieux. Il parlait désormais avec fluidité, comme quelqu'un qui, après une longue absence, s'est de nouveau familiarisé avec sa langue maternelle. Il ne sortait de la chambre que pour regarder, avec l'attention d'un explorateur étudiant un monde inconnu et fascinant, les informations diffusées en continu sur une chaîne de la TNT.

« Vous savez maintenant par où commencer ?

— Certains souvenirs me sont revenus.

— Que recherchez-vous ? »

Il n'a pas répondu, je n'ai pas insisté, consciente que je n'obtiendrais aucune explication. Les sourcils broussailleux de mon père se sont froncés. Même s'il feignait de se désintéresser de notre conversation, il n'en perdait pas une miette. Matthieu vidait son assiette à grands coups de lapements. Le jour traînait en longueur, encore ébloui par le soleil du printemps.

« En quelle année sommes-nous ? a demandé Kort.

— 2017. »

Il a paru contrarié par ma réponse, marmonnant quelques mots que je n'ai pas compris.

« Vous avez un moyen de locomotion ? »

Ma question l'a pris au dépourvu.

« J'en trouverai un.

— De l'argent ?

— On ne peut pas s'en passer, n'est-ce pas ?

— Vous n'avez pas de carte de crédit ? »

Il a secoué la tête.

« Vous n'êtes pas un voyageur très prévoyant. Si vous voulez, je vous accompagne demain matin en ville, et on cherchera une solution. »

J'ai entrevu du coin de l'œil la moue réprobatrice de mon père. J'étais censée observer un repos complet, pas faire des choses comme prendre sa voiture et conduire un inconnu en ville. Et puis, dès qu'on prononçait le mot argent, la méfiance ordinaire de Jean-Pierre Boisvin virait à la paranoïa. La prévoyance héritée de son enfance difficile s'était cristallisée avec l'âge en une avarice quasi pathologique et s'était transmise en partie à ses descendants – j'avoue : j'ai toujours rechigné à sortir ma carte bleue au restaurant en espérant que quelqu'un se dévoue pour régler l'addition.

« J'accepte votre proposition, a répondu Kort.

— Le médecin a dit que tu ne devais pas te fatiguer », a maugréé mon père.

Je lui ai adressé un sourire crispé

« Qu'est-ce que je risque ? Quelques jours de moins ? »

Les yeux gris de Kort m'ont transpercée.

« Vous êtes malade ? »

Je me suis débrouillée, je ne sais comment, pour répondre sans éclater en sanglots : « Insomnie fatale familiale. Une maladie rare et incurable. D'après le neurologue, il me reste moins d'un an à vivre.

— Il existe donc des maladies neurologiques qu'on ne peut pas corriger ? a murmuré Kort.

— Vous sortez d'où, mon vieux ? » La voix et le regard de mon père exprimaient une rage froide. « Y en a même de nouvelles qui apparaissent chaque jour ou presque ! Pas étonnant, avec toutes les saloperies qu'on nous force à avaler. »

Kort et moi sommes partis le lendemain matin sous une pluie battante. Par le rétroviseur, j'ai observé mon père et Matthieu qui se tenaient sous la marquise. L'air de chien battu de mon frère m'a brisé le cœur. Mon père, le visage encore plus creusé et tourmenté que d'habitude, craignait sans doute que je ne dilapide mes maigres économies pour les beaux yeux d'un inconnu – six mille euros sur un livret, cinq mille autres sur un compte d'épargne. Je touchais encore soixante-quinze pour cent de mon salaire, et ma mutuelle complétait le reste, mais mes revenus diminueraient rapidement, autre raison pour laquelle j'avais choisi de rendre mon appartement et de revenir m'installer dans la maison familiale. Je conserverais ma vieille voiture tant que je serais capable de conduire, un exercice qui se révélait de plus en plus dangereux. Le seul luxe que je m'autorisais était la crème hydratante biologique hors de prix que je gardais en permanence dans mon sac à main et que j'appliquais chaque matin sur mon visage et sur mon corps, un rituel auquel je n'avais jamais renoncé, même aux temps les plus désespérants de mes amours passagères.

J'ai enjoint à Kort de boucler sa ceinture de sécurité avant de m'engager sur le chemin vaguement pavé qui se jetait dans la route départementale deux kilomètres plus loin. Il n'a pas réagi, comme inadapté à ce monde. J'ai dû lui montrer comment enfoncer l'embout métallique dans la fente jusqu'à ce que le clic retentisse. J'ai adoré me pencher sur lui, frôler sa poitrine, m'immerger dans la source même de son écho.

La pluie nous a accompagnés jusqu'à l'entrée de Millau, où s'était formé un bouchon inhabituel. Le visage de Kort s'est tout à coup crispé, comme s'il était la proie d'une terrible douleur. Il m'a semblé percevoir, au-delà de son écho, une deuxième vibration, désagréable celle-là.

« Vous ne vous sentez pas bien ? »

Il a secoué la tête à la façon d'un chien qui s'ébroue après s'être vautré dans une flaque.

« Retournons chez vous.

— Pourquoi est-ce que…

— Vite ! »

Sa voix m'a frappée au plexus et coupé le souffle. Je n'ai pu faire autrement que rebrousser chemin au premier rond-point, folle d'inquiétude tout à coup. J'ai attendu d'être sortie des encombrements de Millau pour prendre une profonde inspiration et desserrer l'étau qui me comprimait la gorge et la poitrine.

« Que se passe-t-il ?

— Une déchirure dans la trame.

— Quelle trame ? »

La pluie est devenue de plus en plus cinglante, submergeant mes essuie-glaces fatigués, me contraignant à une concentration qui me vrillait les nerfs et le cerveau.

« Vous pourriez m'expliquer ? ai-je insisté.

— Il vaut mieux pour vous que vous ne sachiez rien.

— Qu'est-ce que je risque ? De mourir ? C'est déjà prévu…

— Vous ne pouvez pas accélérer ? »

J'ai compris que je ne tirerais rien de plus de Kort et me suis focalisée sur la conduite sur la route étroite et glissante qui montait vers le causse. Mon pressentiment s'est amplifié de façon vertigineuse lorsque nous nous sommes retrouvés sur le chemin pavé qui serpentait entre les herbes ployées de la lande.

Le silence qui enveloppait l'ombre grise et figée de la maison n'avait pas la même consistance que d'habitude ; le crépitement de la pluie ne parvenait pas à le fissurer.

« Restez là et ne bougez pas jusqu'à ce que je revienne. »

Kort n'a pas attendu ma réponse pour se diriger vers la porte massive. Il est resté un instant immobile avant d'entrer, puis il est ressorti cinq minutes plus tard et m'a fait signe de venir le rejoindre. Je me suis engouffrée dans la maison, et j'ai su immédiatement que quelque chose clochait : en temps normal, Matthieu serait déjà accouru pour me sauter dans les bras.

J'ai appelé, personne n'a répondu. J'ai exploré les pièces du rez-de-chaussée, puis les chambres du premier étage, je n'y ai vu ni mon père ni mon frère, seulement les lits défaits et les vêtements épars de Matthieu. J'ai espéré qu'ils s'adonnaient à un quelconque débroussaillage sur le causse, une hypothèse que la pluie battante rendait improbable. J'ai foncé jusqu'à la grange qui servait de garage : la voiture de mon père n'avait pas bougé, toujours recouverte de la bâche bleue destinée à la protéger des fientes des hirondelles. Mon inquiétude a gonflé à craquer. Je suis revenue dans la maison. Debout au milieu du salon, Kort se tenait comme un animal aux aguets.

« Ils ont disparu. Est-ce que ça a un rapport avec ce dont vous m'avez parlé, cette déchirure de la trame ? »

Il s'est retourné.

« Probablement.

— Dites-m'en plus, ou je vais devenir folle ! »

Folle, j'avais déjà l'impression de l'être, prisonnière d'un cauchemar, piégée par mes hallucinations.

« Je ne comprends pas : personne d'autre que moi n'était censé franchir la tempte.

— La quoi ?

— La porte temporelle. »

Ses mots ont mis un moment à se frayer un chemin dans mon esprit.

« C'est quoi, ce délire ? »

Il m'a priée de me taire d'un geste péremptoire de la main avant de se diriger vers l'escalier qui donnait sur la cave. Je lui ai emboîté le pas, dévalant à mon tour les marches de pierre directement taillées dans la roche. La cave servait principalement à entreposer les bocaux de légumes et de confitures. Nous avons trouvé mon père et Matthieu dans la deuxième salle, la plus petite, allongés côte à côte sur le sol rocheux, inertes. Un cri s'est échappé de ma gorge. Kort s'est accroupi pour les examiner et s'est relevé d'un air soucieux.

« Ils ne sont pas morts, on les a seulement bloqués.

— Bloqués ?

— Leur métabolisme a été ralenti au maximum. L'effet peut durer de huit heures à deux années.

— Vous voulez dire qu'ils vont se réveiller ?

— Le blocage est un processus similaire au coma, un coma maîtrisé. En général, il ne laisse aucune séquelle. On s'en sert pour neutraliser les délinquants. »

Les traits figés, mon père et Matthieu paraissaient plongés dans un sommeil paisible. Comme je n'ai pas vu leur poitrine se soulever, j'ai eu des doutes sur les affirmations de Kort.

« On dirait qu'ils ne respirent plus...

— Ils respirent avec une telle lenteur qu'on ne discerne aucun mouvement, ni aucun bruit. Mais ils sont bien vivants, je vous assure.

— Vous avez pourtant l'air inquiet... »

Il s'est redressé.

« Le blocage est une technique humod. Je me demande comment des humods ont pu franchir la tempte et ce qu'ils sont venus faire à cette époque.

— Les humods ?

— L'abréviation d'humain modifié. Des hommes et des femmes génétiquement renforcés, policiers et militaires la plupart du temps. »

Les jambes coupées, je me suis laissée choir sur le petit banc de chêne abandonné par les anciens propriétaires de la maison. La fatigue de mes insomnies m'engourdissait de la tête aux pieds. Je me suis entendue dire, comme

40

des pensées échappées de mon cerveau : « Ne me dites pas que vous venez réellement d'un autre temps... Vous vous foutez de moi, hein ?

— Je suis désolé : vous n'auriez jamais dû l'apprendre. »

Sa voix m'a semblé tout à coup chargée de menaces. J'ai contemplé Matthieu : l'enfance qu'il n'avait jamais quittée ressortait sur son visage détendu. Je me suis demandé si une équipe de tournage n'allait pas se manifester tout à coup avec un présentateur moustachu et hilare m'annonçant que j'étais l'héroïne ridicule d'une stupide émission de caméra cachée.

« Qu'est-ce que ça change ?

— Vous pourriez interférer dans la trame.

— Je suis incapable de faire ce genre de truc, moi !

— Il suffit que vous en soyez consciente : l'observateur exerce automatiquement une influence sur le monde observé.

— Qu'allez-vous faire de moi ? Me tuer ? » J'ai désigné mon père et Matthieu d'un coup de menton. « Et d'eux ?

— Ils ne se souviendront pas de leurs agresseurs à leur réveil. »

Ses yeux se sont posés sur moi, pénétrants, comme s'il tentait de s'introduire dans mon esprit. J'ai songé, avec un brin de dérision, que je m'étais parée ce matin de ma plus belle tenue, une robe assez courte, un boléro aux motifs brillants, des bas et des chaussures à talons, dans l'espoir stupide d'attirer son attention ; la princesse en moi le regrettait amèrement avec cette pluie battante qui rafraîchissait l'atmosphère et semait des frissons sur ma peau.

« Vous resterez avec moi jusqu'à ce que j'aie achevé mon travail. Je prendrai une décision à ce moment-là.

— En quoi consiste votre travail ? »

Il est passé dans la première pièce de la cave sans répondre. J'ai attendu quelques minutes que mes forces me reviennent pour regagner la cuisine. Assis à la grande table, Kort observait avec attention une feuille de papier étalée devant lui.

« On peut les laisser comme ça en bas ? Ils ne risquent pas de prendre froid ? ai-je demandé.

— Je les transporterai dans leur chambre tout à l'heure. Il est déjà arrivé que des bloqués abandonnés soient dévorés par des rats.

— Vous avez de charmantes coutumes à votre époque !

— La vôtre n'est pas mal non plus. » Il a pointé l'index sur son papier, une carte aux lignes estompées. « Connaissez-vous la ville de Langogne ?

— Elle est au nord du département, à deux heures de route d'ici.

— Vous allez m'y conduire.

— Deux heures de conduite, c'est beaucoup pour moi.

— Je vous soutiendrai.

42

— Pourquoi Langogne ? »

Il m'a tendu une photo défraîchie. En dépit des couleurs passées, on distinguait une maison de maître en pierres apparentes entourée d'arbres.

« Je dois me rendre dans cette maison.

— Vous connaissez l'adresse ?

— Je sais seulement qu'elle est localisée dans la ville de Langogne.

— À l'extérieur de la ville, plutôt, à en croire la végétation. Elle ne sera sans doute pas facile à trouver.

— Raison de plus pour ne pas perdre de temps.

— Vous avez une pièce d'identité ? En cas de contrôle… »

Il a tiré un passeport flambant neuf d'une poche de sa combinaison, un faux sans doute.

« Vous pouvez me dire qui vous êtes vraiment, maintenant qu'on se connaît… Vous êtes une sorte d'agent secret ? »

J'ai pris aussitôt conscience de la stupidité de ma question. Il a rangé son passeport, puis s'est chargé de transférer les corps inertes de Matthieu et de mon père dans leurs chambres. Il les portait sans effort apparent même si l'un et l'autre pesaient plus de quatre-vingts kilos. J'ai remonté sur eux draps et couvertures – mon père ignorait l'usage des couettes – avant un séjour aux toilettes. Je suis restée un long moment assise sur la cuvette sans parvenir à expulser quoi que ce soit de mon corps. J'en ai déduit que ma physiologie se délabrait à une vitesse alarmante et j'ai éclaté en sanglots. Après avoir séché mes larmes, je me suis forcée à rire (thérapie par le rire en dix leçons sur internet), je me suis trouvée conne, comme chaque fois, puis je me suis changée, optant pour des vêtements chauds et pratiques, j'ai pris la clé de la voiture de mon père, plus confortable que la mienne, en laissant ma propre clé bien en évidence avec un petit mot sur la table au cas où ils se réveilleraient avant mon retour.

Nous nous sommes mis en route sous une pluie toujours aussi battante. Le GPS annonçait un trajet d'une durée d'une heure cinquante-huit. Des remords m'ont assaillie lorsque nous nous sommes éloignés de la maison : j'abandonnais mon père et mon frère sans défense, et, contrairement à Kort, je n'étais pas certaine qu'ils sortiraient de leurs comas sans séquelles – ni même qu'ils en sortiraient tout court.

3

Chers amis,

Veuillez me pardonner d'avoir tardé à répondre à vos messages, mais des événements se sont produits qui m'ont poussé à quitter précipitamment mon domicile. Je vous écris d'un refuge provisoire en espérant avoir brouillé ma piste.

J'ai en effet perçu un écho quelques instants avant qu'on ne s'introduise dans ma maison du sud de la France. Or, comme vous le savez, les hommes d'aujourd'hui n'émettent pas d'écho, ni ne le perçoivent d'ailleurs, ce qui nous a permis de passer relativement inaperçus dans cette époque. Autrement dit, le visiteur qui s'est introduit chez moi sans y être invité n'est pas un être de ce temps. Je dirais même qu'il…

Cher ami,

Votre courriel nous est parvenu de façon incomplète. Pouvez-vous nous réécrire de toute urgence ? La teneur de votre message nous inquiète grandement. Les phénomènes que vous décrivez semblent en tout cas confirmer l'impression de la pointe 2, qui a ressenti un « écho blessant » dans la trame. Se pourrait-il qu'on ait retrouvé notre trace ? Qu'on ait lancé sur nous un ou plusieurs humods ? Nous pensions nous être entourés de toutes les précautions, mais il faut croire que nos ennemis ne sont pas seulement obstinés : ils sont également perspicaces. Ou bien, et je préférerais évidemment cette hypothèse, avez-vous été victime d'une illusion sensorielle ? À en croire nos échanges récents, nous sommes gagnés par cette humeur sombre qu'on appelle la nostalgie, ou la mélancolie, et le cerveau, dont on connaît la puissance suggestive, pourrait recréer les conditions de nos existences antérieures. Autrement dit, votre homme n'était peut-être qu'un voleur ordinaire et votre matière grise en a fait l'un de ces terribles exécuteurs des hautes œuvres dont nous redoutions tant la froide efficacité.

Répondez le plus rapidement possible à ce message, je vous en conjure. S'il ne s'agit pas d'une illusion sensorielle, il nous faudra de toute urgence nous préparer à une offensive, reconstituer la Trimurti, mêler nos échos.

Une question : avez-vous laissé des traces de nos échanges sur votre ordinateur ?

Nous sommes, cher ami, dans l'attente impatiente de vos nouvelles,

B. Pointe 1 de la Trimurti

Chers amis,

Je ne sais pourquoi mon message vous est parvenu tronqué. La moitié manquante a purement et simplement disparu au moment de l'envoi, un bogue sans doute. Vous connaissez les ordinateurs d'aujourd'hui : aussi déroutants que certains phénomènes quantiques.

J'ai entendu vos reproches au sujet de ma décision de m'installer dans la maison ayant appartenu à ma famille depuis des générations, dans une magnifique région du sud de la France appelée Lozère. Obstination dangereuse et puérile, grave erreur, sentimentalisme d'un autre âge… avez-vous écrit. J'avoue que ces amabilités m'ont blessé la première fois que je les ai lues, mais, et c'est encore plus douloureux à écrire, les faits vous ont donné raison. Il me semblait que j'avais un devoir vis-à-vis de ma famille, j'éprouvais le besoin névrotique de justifier l'injustifiable, de renouer les fils que nous avions emmêlés, de relier le passé, le présent et le futur. Une bêtise, j'en conviens : la blessure que nous avons provoquée risque d'entraîner l'humanité dans un chaos dont elle ne se relèvera pas, j'en suis aussi conscient que vous.

Je ne crois pas, hélas, à votre thèse de l'illusion sensorielle engendrée par un cerveau compensant les manques. L'intrus ne s'est pas introduit chez moi pour me voler, mais pour me tuer. L'un de mes trois gardes du corps postés dans le toit du pigeonnier (un excellent tireur au demeurant) n'a pas réussi à le toucher. J'ai donc dû prendre la fuite sans avoir eu le temps d'effacer mes traces. Nos échanges sont effectivement restés dans l'ordinateur, mais mes données sont protégées par un cryptage dont aucun petit génie de l'informatique ne pourrait venir à bout. Je pense qu'un humod, même équipé des toutes dernières avancées technologiques, n'en serait pas davantage capable.

Je propose que nous maintenions notre rencontre au Bhoutan. Nous aurons le temps de reconstituer la Trimurti et, ainsi, de contrer toute éventuelle offensive de nos adversaires. S'il s'agit vraiment d'un humod (ce que tendrait à démentir son écho, très puissant ; les humods n'émettaient, à ma connaissance, aucune vibration, mais évidemment ils ont pu évoluer), nous ne serons pas trop de trois pour en venir à bout. J'espère cette fois que mon message vous parviendra en entier. Faites-moi part de vos décisions le plus rapidement possible. Je ne peux rester en effet trop longtemps dans l'endroit d'où je vous écris.

Comptez quoi qu'il en soit sur ma fidèle amitié,

S. Pointe 3 de la Trimurti.

Chers amis,

Un humod évolué, vraiment ? Sa présence, si elle est avérée, signifie que d'autres ont emprunté le tunnel que nous avons foré, et que nous ne serons plus jamais en sécurité nulle part. Plus grave : si le passage est maintenu ouvert, nul ne peut prédire ce qu'il adviendra de la trame, nul ne peut prévoir les conséquences d'un tel bouleversement. Il nous revient, je pense, de réparer ce que nous avons abîmé, de refermer définitivement le tunnel. Je ne sais pas si nous en avons les moyens, mais nous devons y réfléchir très sérieusement. L'échosion nous y aidera.

Je vous avoue que cette situation me stimule autant qu'elle m'inquiète. Nous menions jusqu'alors une existence plutôt agréable, en dépit de la mélancolie, en dépit des liens affectifs éphémères qui, lorsqu'ils se tranchent, entraînent afflictions et souffrances, en dépit de notre statut de clandestins. Mais l'éventuelle irruption d'un humod, la résurgence d'un monde que nous pensions à jamais oublié nous contraignent à renouer d'urgence avec notre énergie et notre créativité d'autrefois.

Nous allons devoir, comme le loup du conte, sortir du bois, trouver une solution qui nous permette à la fois de sauver nos vies et de préserver la trame. Nous sommes placés là devant l'un de ces défis que, jadis, nous adorions relever. Sur un plan personnel, voilà qui devrait me sortir de l'immense chagrin que m'a causé la mort de ma dernière épouse dont j'ai

le plus grand mal à me remettre. J'ai
besoin de me changer les idées, et
cet humod, si c'en est un, tombe à
point nommé (sans doute me jugez-vous
égoïste, mais, comme nous le savons,
il n'existe rien d'autre, dans le
fond, que la subjectivité). Quoi qu'il
en soit, nous avons maintenant largement de quoi nous occuper l'esprit.

C'est dire si je suis impatient de
vous revoir.

Pensées amicales,

V. Pointe 2 de la Trimurti

« Ça me dit vaguement quelque chose... »

La négociatrice immobilière, Évelyne Turdot
– *ot* avait-elle précisé –, a rajusté ses demi-lunes
sur son nez et examiné la photo avec attention. Blondeur et longs cils factices, front lisse,
lèvres pulpeuses et poitrine mise en valeur par
le savant décolleté de sa robe à motifs fleuris.
Ses yeux délavés s'égaraient souvent sur Kort.
Son parfum capiteux emplissait l'étroite pièce
meublée d'un bureau ancien et de trois chaises
dépareillées. Des photos de maisons, de terrains
et d'immeubles criblaient les murs tendus d'un
tissu beige et poussiéreux. L'agence immobilière,
la deuxième de Langogne que nous visitions,
était située dans l'une des ruelles de la vieille
ville à une vingtaine de mètres de la place du
marché.

« En quoi vous intéresse-t-elle ? » a demandé Évelyne Turdot.

À en croire le regard qu'il m'a adressé, Kort n'avait prévu aucune réponse. J'ai dû improviser : « J'y suis venue en vacances autrefois, j'avais six ou sept ans, je ne me souviens pas de l'adresse et j'aimerais seulement la revoir. »

L'aplomb avec lequel j'ai prononcé ces mots m'a étonnée, moi qui n'ai jamais su mentir sans rougir et bafouiller.

« Ah, vous souhaitez la montrer à votre amoureux, pas vrai ? » a gloussé la négociatrice avec une moue gourmande.

Je lui ai retourné un sourire qu'on pouvait interpréter comme un acquiescement. Elle a consulté son ordinateur un long moment sans plus se préoccuper de nous. Dehors, la pluie avait cessé et, malgré la fraîcheur, des femmes en robes légères et des hommes en chemisettes se promenaient sur la place, pressés de savourer les prémices de l'été. Une sève nouvelle coulait dans mes veines et réveillait mes désirs assoupis. J'ai été traversée par l'envie de me sentir futile, attirante. Le bonheur ne se cachait sûrement pas dans les apparences, mais, comme je ne l'avais pas non plus trouvé dans la discrétion ni dans l'abnégation, autant entrer dans le jeu de la frivolité et de la séduction avant de quitter ce monde.

« Je crois l'avoir localisée, s'est exclamée Évelyne Turdot. Vive Street View ! Une propriété magnifique et un emplacement en or. Vue imprenable sur le lac de Naussac. Mais, je vous préviens, elle est protégée, difficile d'accès. »

Elle a griffonné quelques mots sur un post-it.

« Suivez la route de Naussac, traversez le village, puis prenez la D 26, et enfin le chemin du talus. »

J'ai saisi le papier vert pomme qu'elle me tendait.

« Je ne sais comment vous remercier...

Elle a écarté les bras avec une expression mi-complice mi-désolée.

« Vous formez un beau couple, et je n'ai jamais pu résister à une histoire d'amour. Et puis, si... euh, vous souhaitez vous installer un jour dans la région, j'espère que vous repasserez par mon agence. »

« Pourquoi voulez-vous entrer dans ce salon ? s'est étonné Kort.

— Pour me faire belle.

— Vous n'avez pas besoin de vous faire belle, vous l'êtes naturellement. »

Le compliment m'est allé droit au cœur sans rien changer à ma décision.

« J'en ai besoin, Kort. Maintenant. Je ne vous demande pas de comprendre, seulement de m'accorder une heure. »

Il a réfléchi quelques instants, les yeux rivés sur les étals de légumes du marché proche.

« Croyez-le ou non, je suis très bien placé pour comprendre. »

J'ai posé la main sur la poignée de la porte vitrée du salon d'esthétique. Dans la pièce ornée de bois blanc, une jeune et jolie femme en blouse bleue se dirigeait déjà vers moi avec un sourire engageant.

« Vous allez souvent dans ce genre d'endroit ? »

J'ai poussé la porte avec détermination.

« C'est la première fois. Vous m'attendez ? Sérieux, ai-je ajouté à voix basse, vous venez vraiment du futur ? »

Il s'est contenté de sourire.

Je suis sortie du salon une heure et demie plus tard après avoir réglé sans sourciller le forfait de cent cinquante euros et être allée deux fois aux toilettes. Jamais je ne me serais crue capable de dépenser une telle somme pour une épilation maillot, jambes et aisselles à la cire, un gommage du corps, un enveloppement aux huiles essentielles, une manucure et un maquillage de jour. En me découvrant dans le miroir, je me suis trouvée étrangement potable, voire jolie, et j'ai estimé que je devais d'urgence changer de tenue.

Je n'ai pas vu Kort dans les environs du salon ni dans les allées du marché. Des vêtements colorés, joyeux, dans une vitrine ont attiré mon attention. J'ai opté pour une robe jaune pâle, un gilet de coton vert anis, une paire d'espadrilles à semelles épaisses et un sac à main assorti. J'ai transféré le contenu de mon ancien sac dans le nouveau et abandonné mes vieilles frusques dans une poubelle.

Le soleil brillait de tous ses feux dans un ciel entièrement dégagé. Je mourais de faim. Mon mal de crâne, qui m'avait fichu la paix depuis le matin, s'est rappelé à mon bon souvenir. J'ai perçu avec netteté la vibration familière et j'ai su, avant de me retourner, que Kort se tenait tout près de moi.

Les ornières du chemin du talus malmenaient la voiture, les raclements du châssis me vrillaient les nerfs. Mon père, qui la bichonnait comme un bibelot précieux, aurait été horrifié par le traitement que je lui faisais subir. Un mur d'enceinte se dressait à l'extrémité du passage. Nous nous sommes arrêtés à une trentaine de mètres du portail surmonté de deux caméras perchées à cinq mètres de hauteur. La brise diffusait des odeurs d'humus, de fougères et de vase. Kort ressemblait maintenant à un fauve en chasse.

À un tueur.

Sa vibration avait perdu tout caractère agréable. J'avais l'impression d'être prisonnière d'une colonne de feu. Quelque chose me poussait à rester près de lui malgré la douleur, malgré la sensation de brûler de l'intérieur. Il s'est immobilisé devant le portail, les yeux mi-clos, la tête légèrement penchée. Les caméras se sont mises à grésiller. Une voix geignarde s'est élevée en moi, m'enjoignant de décamper au plus vite.

« Qu'est-ce qu'on fait maintenant ? »

Le portail s'est ouvert dans un grésillement prolongé. Une allée pavée de dalles grises s'enfonçait en descendant dans un parc peuplé de différentes essences. Au fond, derrière la bâtisse principale en pierres apparentes, se dévoilait la surface bleutée du lac. Kort s'est dirigé sans hésitation vers l'entrée de la maison entre les haies de buis et les massifs de fleurs.

Des aboiements.

Ma respiration s'est suspendue. J'ai toujours eu peur des chiens. Entre autres. Deux énormes molosses au pelage noir et feu ont surgi devant nous. J'ai poussé un hurlement. Bien qu'il n'ait pas proféré un son ni esquissé un geste, les deux chiens se sont couchés avec une étonnante docilité aux pieds de Kort.

« Venez, vous n'avez rien à craindre. »

J'ai attendu d'être remise de ma frayeur pour essayer d'expulser quelques mots.

« Qu'est-ce que vous leur avez fait ?

— Rien. Ils n'avaient aucune raison de m'agresser.

— Dites-moi ce que nous fichons là, s'il vous plaît, Kort. »

Pas de réponse.

« Vous avez l'intention de voler ou de tuer quelqu'un ? »

Il a repris sa marche vers l'entrée de la maison. Alors qu'il tendait la main vers la poignée de la porte, il a effectué un brusque écart. La détonation a éclaté presque simultanément. Une gerbe de pierre pulvérisée s'est élevée à l'endroit où il s'était tenu une seconde plus tôt. Un deuxième coup de feu a retenti, suivi du miaulement de la balle sur le sol. Il l'a évitée d'un petit bond en arrière. Tétanisée, je me suis accroupie derrière un massif de fleurs après deux autres tirs rapprochés. Les chiens se sont éloignés d'un pas tranquille en direction de la maison. J'ai vu, entre les tiges et les corolles des fleurs, s'agiter la silhouette longiligne de Kort. Il ne tentait pas de fuir ni de se mettre à l'abri, il se contentait d'esquiver les balles avec une agilité et une économie de mouvements stupéfiantes, comme s'il anticipait les intentions du tireur, embusqué dans un pigeonnier situé à une vingtaine de mètres du corps principal de la propriété.

À peine essoufflé, Kort m'a rejointe derrière ma cachette dérisoire.

« Il est là, ai-je murmuré en désignant le pigeonnier.

— Je sais.

— Pourquoi vous tire-t-il dessus ? »

Je n'avais pas trouvé de question plus stupide. Il a gardé le silence, les yeux rivés sur le toit du pigeonnier. Une odeur de poudre flânait entre les senteurs de buis et de terre humide.

« Ne bougez pas d'ici jusqu'à ce que je vous fasse signe… ».

Il s'est avancé sans hâte en direction de la construction cylindrique, évitant d'un pas sur le côté ou d'un retrait du buste les balles qui le prenaient pour cible, puis il a disparu entre les arbres du parc. Le temps s'est suspendu. Le silence lapait les chuchotements du vent et les frémissements des frondaisons. Mes jambes s'ankylosaient, mais le massif de fleurs n'étant pas le plus sûr des abris, j'ai évité de changer de position afin de ne donner aucune indication au tireur. J'ai cru entrevoir une agitation confuse sous la toiture de tuiles rouges du pigeonnier, puis des bruits sourds ont retenti, suivis d'un cri et de la chute d'un corps au pied de la bâtisse cylindrique. Quelqu'un s'est penché par-dessus la rambarde de bois et a attiré mon attention d'un geste du bras. J'ai distingué le visage de Kort et pu enfin me relever et détendre mes jambes. Le sang a afflué brutalement dans ma tête, les formes ont tournoyé autour de moi, je me suis raccrochée à la branche d'un arbuste. La perte d'équilibre était l'un des symptômes les plus fréquents de l'insomnie fatale familiale. Mon téléphone portable m'a avertie que je venais de recevoir un SMS, mais je n'ai pas eu le courage de le sortir de mon sac. Au bout de trois pas vacillants, je me suis laissée choir sur un monticule de terre coiffé d'une herbe grasse. J'ai eu à peine la force de lever les yeux sur l'ombre qui fondait sur moi, précédée d'une vibration brûlante. Kort s'est assis à mes côtés et a posé sur l'herbe le fusil qu'il avait arraché au tireur.

« Vous l'avez… »

Je n'ai pas eu le courage de formuler ma question.

« Si je ne l'avais pas neutralisé, il vous aurait tuée.

— Pas seulement moi : vous aussi, je suppose. »

Il a examiné le fusil pendant quelques secondes.

« Il faudrait pour me tuer une arme un peu plus efficace que celle-ci. »

Aucune forfanterie dans sa voix.

« Vous ne diriez pas ça si vous aviez reçu une balle dans la tête ou dans le ventre...

— Je ne parle pas de la fonction létale de la balle, mais du temps entre le moment où le tireur presse la détente et celui où la balle atteint sa cible.

— Eh bien quoi, le temps ? » Je n'ai pas cherché à contrôler l'agressivité dans ma voix ; mon vertige se transformait peu à peu en humeur froide et sombre. « Si quelqu'un vous tirait dessus à moins de dix mètres, je ne vois pas comment vous pourriez éviter d'être touché. »

Je n'y connaissais rien en armes, mais il m'a semblé que le fusil était un modèle récent et sophistiqué, avec une lunette de visée et une assistance électronique.

« Le temps est une notion très relative.

— Il passe pour tout le monde à la vitesse de soixante secondes par minute.

— Disons pour tous ceux qui évoluent à son rythme.

— Si je pouvais l'inverser, croyez-moi, je ne me gênerais pas ! »

Nous nous sommes tus jusqu'à ce que j'aie à peu près recouvré mes moyens. J'ai songé à sortir mon téléphone portable de son sac.

Message de Benjamin G.
Salut, Jeanne. Comment vas-tu ? De mon côté, ça se passe plutôt bien avec ma nouvelle amie. Je crois que nous avons pris la bonne décision. Donne-moi de tes nouvelles. Je t'embrasse. B.

Une brève et violente envie m'a traversée de jeter mon téléphone contre le tronc le plus proche.

« Mauvaises nouvelles ? a demandé Kort.

— La simple confirmation qu'un médiocre reste à jamais un médiocre. Comment avez-vous réussi à grimper dans le pigeonnier ?

— Le mur, de l'autre côté, présentait suffisamment de prises.

— Que comptez-vous faire ?

— Chercher un indice dans la maison.

— Cette fois, les chiens ne vous laisseront peut-être pas entrer… »

Il s'est levé sans ramasser le fusil et s'est dirigé d'un pas tranquille vers la bâtisse. Je l'ai suivi en évitant de regarder la masse inerte et sombre de l'homme tombé du pigeonnier.

Couchés à même le sol, les chiens n'ont pas réagi lorsque nous nous sommes introduits dans le hall d'entrée. Kort a examiné les vestiges du repas étalés sur la table de la salle à manger recouverte d'une nappe blanche et brodée. Mon attention a été happée par le panorama magnifique qui se dévoilait par les baies vitrées du salon. La maison paraissait plantée dans l'eau bleue. Une ample terrasse meublée d'un salon d'extérieur gris et blanc surplombait une grève de sable léchée par les vaguelettes. Un saule pleureur plongeait dans le lac sa chevelure exubérante.

Kort s'est installé devant l'ordinateur posé sur un bureau. Le séjour semblait entièrement dédié à la technologie avec ses diverses télévisions, son écran géant escamotable et son projecteur dernier cri installé dans une niche murale. Deux larges canapés aux motifs fleuris donnaient une touche de couleur et de gaîté à l'ensemble. Les chiens nous ont suivis un temps, puis, après s'être allongés sur le carrelage en bâillant, ils se sont totalement désintéressés de nous.

Les doigts de Kort volaient sur les touches du clavier. Je me suis approchée du bureau. Sur l'écran défilaient à toute allure des pages d'une écriture incompréhensible. J'avais appris à me servir des ordinateurs pour mon travail à l'INSEE. Beaucoup d'hommes et de femmes de mon âge se disaient accros aux nouvelles technologies, aux jeux, au téléchargement, aux réseaux sociaux, au point de passer des week-ends ou des vacances entières sans sortir de leur chambre, mais l'informatique m'ennuyait, les écrans et les claviers me rappelaient le boulot et je n'avais jamais compris l'intérêt du virtuel. J'étais sans doute restée coincée dans une autre époque, celle des calèches et des robes à crinolines.

« Que faites-vous ?

— Je cherche à craquer son cryptage, a répondu Kort sans quitter l'écran des yeux.

— Ce n'est pas très légal.

— Nous ne sommes pas non plus entrés dans cette maison de façon très légale.

— Ce genre de villa doit être équipée d'un système d'alarme relié à la gendarmerie la plus proche.

— Je penche plutôt pour un système sophistiqué de surveillance interne. »

Je me suis assise dans l'un des deux canapés à motifs fleuris.

« Votre homme, c'est un trafiquant, un mafieux, ou quelque chose comme ça ?

— Il vous serait difficile de comprendre les motifs pour lesquels je le cherche.

— Traitez-moi de conne pendant que vous y êtes ! D'ailleurs, vous me prenez pour une conne depuis le début… »

Imperturbable, il a continué de pianoter sur le clavier.

« Loin de moi cette idée, a-t-il murmuré après être resté un petit moment sur l'une des pages affichées. Ah… »

L'un des chiens a redressé la tête avant de la reposer doucement sur le carrelage. Je me suis relevée, approchée de l'écran, et j'ai reconnu l'environnement caractéristique d'une boîte e-mail.

« Les derniers échanges de messages datent d'il y a deux jours... Je ne suis pas le premier à craquer le verrouillage. »

J'ai tenté de lire par-dessus son épaule, mais la page s'est estompée avant que je n'aie eu le temps de parcourir la moindre ligne.

« Il ne les a pas effacés ? Curieux pour quelqu'un qui poste un tireur dans son parc !

— Deux tireurs. Il pensait ses systèmes de sécurité inviolables. Ils le sont d'ailleurs en regard des critères actuels.

— Comment a-t-il su que vous le recherchiez ?

— De la même façon que vous m'avez retrouvé sur le causse : il a perçu ma présence. Curieusement, son écho me semble familier. Comme si nous nous étions déjà rencontrés, ce qui n'est pas le cas.

— Expliquez-moi ce qu'est pour vous l'écho.

— Une signature vibratoire. Une façon de se reconnaître entre certains individus.

— Quel genre d'individus ?

— Du genre pas commun.

— Comment se fait-il alors que je l'ai perçue ? »

Il s'est retourné pour me fixer avec une intensité presque insupportable.

« Vous et votre frère, vous êtes à mes yeux des mystères. »

Une pointe de douleur m'a transpercé le crâne. J'ai perdu quelques instants le contrôle sur moi-même ; connexion interrompue entre mon cerveau et mon corps.

« Et maintenant, que comptez-vous faire ?

— Connaissez-vous le Bhoutan ?

— Je ne sais même pas où ça se trouve. Pourquoi le Bhoutan ?

— Ses derniers échanges m'amènent à penser qu'il se rend là-bas.

— Il va sans doute modifier sa destination s'il sait que vous êtes à ses trousses.

— Je ne crois pas.

— Vous avez parlé d'échanges, ça signifie qu'il n'est pas seul, qu'il a des complices ? »

Kort a hoché lentement la tête.

« Et vous, vous n'avez pas d'équipiers ? »

Il m'a adressé un sourire que je ne lui soupçonnais pas, franc, chaleureux.

« Je vous ai, vous.

— Vous parlez d'un renfort ! Une femme dont le cerveau se déglingue à toute vitesse, qui ne maîtrise plus ses sphincters, dont la vie ne tient qu'à un fil…

— Vous m'avez déjà beaucoup aidé. »

Il a repoussé la chaise et s'est levé. J'ai alors remarqué le trou aux bords noircis au-dessus de la poche droite de sa combinaison. Une balle l'avait manqué de peu. Nous sommes passés sur la terrasse baignée de soleil. J'ai respiré avec volupté l'air tiède embaumé d'effluves printaniers, mon corps s'est de nouveau gorgé de la puissance de la vie.

« Je dois absolument les retrouver, a repris Kort.

— Qu'est-ce qui arrivera, sinon ?

— La trame risque d'en être à jamais affectée.

— Deuxième fois que vous me parlez de la trame, et je ne sais toujours pas ce que c'est… »

Il a posé la main sur mon avant-bras, un geste qui m'a tellement surprise que je n'ai pas songé à le retirer. La chaleur de sa paume était bienfaisante.

« J'ai besoin de vous, Jeanne.

— De moi ? Mais…

— Je ne connais pas très bien votre monde.

— Mon monde est aussi le vôtre. »

Kort a suivi des yeux le vol d'un oiseau criard qui piquait tout droit sur la surface scintillante du lac.

« Pas tout à fait. »

4

Chers amis,

Je vous attends donc à l'hôtel *Méridien* flambant neuf de Timphu. Mon voyage s'est déroulé sans encombre depuis le beau pays de la Nouvelle-Zélande où je vis depuis maintenant cinquante ans. Je n'ai pas rencontré le moindre problème à la douane locale. Il faut reconnaître que les deux cent cinquante dollars de caution par jour passés dans le pays dissuadent la plupart des touristes de demander un visa. Le pays est montagneux, on y vit parmi les nuages, je ne vous apprends sûrement pas grand-chose. L'atterrissage à Paro s'effectue entre des reliefs resserrés, acérés, ce qui le rend à la fois dangereux et spectaculaire. Un Bhoutanais m'a précisé que seuls les pilotes qui possèdent une licence spéciale peuvent se poser

sur l'unique piste de cet aéroport.
Sans les quelques airbus alignés sur
le tarmac et ornés de dragons jaune
orangé de la compagnie Druk Air, on
aurait pu se croire dans la modeste
gare routière d'une campagne perdue. Je félicite la pointe 2 d'avoir
choisi ce petit royaume himalayen.
Les habitants s'y montrent d'un calme
olympien. Rien à voir avec la four-
milière démentielle de Delhi, où une
avarie technique m'a condamné à rester vingt-quatre heures. Je suis allé
visiter Old Delhi, très proche du
célèbre fort rouge, je l'ai amèrement
regretté : la foule (deviendrais-je
agoraphobe ?), les encombrements,
l'étroitesse des rues et la chaleur
m'ont à ce point oppressé que j'ai
été victime d'un début de malaise,
mon premier en un siècle. Les humains
d'aujourd'hui n'émettent pas d'écho,
mais, en grand nombre, une sorte de
brouhaha vibratoire désagréable, un
peu comme une tempête magnétique per-
turbant les circuits électroniques ou
quantiques.

Dites-moi quel jour et à quelle heure
vous comptez arriver, afin que je
vienne vous accueillir à l'aéroport.
Les e-mails passent bien entre les
coupures de courant. Je me suis déjà
renseigné sur les endroits reculés du

royaume et les moyens de s'y rendre. Le plus simple, le plus discret, le plus confortable sera de réserver un minibus et un chauffeur à notre seul usage. La saison étant creuse – le pays sort à peine de l'hiver –, nous devrions avoir l'embarras du choix. Un employé de l'hôtel, qui semble m'avoir pris en sympathie, m'a déjà conseillé un chauffeur qui connaît parfaitement les pistes – ils sont certainement de la même famille, et l'on pourrait douter de l'objectivité de mon informateur, mais l'important est que nous ne perdions pas de temps en démarches inutiles et que nous quittions Timphu au plus vite. Je ne sais pas pour vous, mais je me sens fatigué depuis que j'ai perçu l'écho blessant de la trame, comme si une ombre froide se déployait à l'intérieur de moi et absorbait peu à peu mon énergie. Est-ce la signature de l'humod – ou des humods – lancé à nos trousses ? Il ne fait désormais pour moi aucun doute que des tueurs venus de notre temps ont franchi une tempte. Tant que nous sommes en vie, nous représentons un danger pour ceux qui nous avaient condamnés au blocage à perpétuité. Si nous ne nous étions pas évadés, nous serions en ce moment même en train de croupir dans une cellule aseptisée. Nous pouvons resurgir à tout moment dans leur présent et contrarier leurs projets. Ils n'ont donc pas d'autre choix que nous éliminer. Je ne comprends toujours pas comment ils sont parvenus à percer le secret des temptes : nous avons détruit, avant de partir, tous nos travaux, nous avons brouillé les pistes, nous étions loin d'imaginer que nos ennemis parviendraient à maîtriser le voyage temporel si vite.

Tout cela pour vous dire, mes amis, à quel point la fusion de nos échos devient nécessaire et urgente. Aussi je vous conjure de me rejoindre le plus rapidement possible à Timphu.

Puis-je ajouter qu'il me tarde simplement de vous revoir, mes vieux complices de notre fabuleuse aventure ? Recevez toutes mes amitiés,

V. Pointe 2 de la Trimurti

L'aéroport de Roissy avait des allures de ruche affolée. Le personnel des ADP avait déposé un préavis de grève, et les voyageurs couraient d'un comptoir à l'autre à la pêche aux renseignements.

Rattrapée par la fatigue, je m'étais assoupie durant la dernière heure du trajet en TGV. J'avais repris conscience hébétée, en sueur, me demandant où j'étais, ce que je fichais là.

J'avais perdu l'habitude de ces plongées dans l'oubli. Un mal de crâne persistant me donnait la nausée. Je courais aux toilettes tous les quarts d'heure pour vérifier qu'aucune fuite ne s'était produite à mon insu. J'avais essayé de manger quelque chose au wagon-bar, mais la perturbation de mes rythmes biologiques m'avait empêchée d'avaler la moindre bouchée, pas même une gorgée de café. J'avais appelé à la maison en espérant que mon père et Matthieu avaient repris conscience ; personne n'avait répondu. Je mourais pourtant d'envie d'entendre leurs voix avant d'embarquer pour Delhi. D'être rassurée sur leur sort.

De me rassurer moi-même.

L'Inde était pour moi un pays lointain et vaguement mythique où je n'aurais jamais imaginé mettre les pieds. Je me lançais dans mon premier grand voyage avec un organisme délabré, en compagnie d'un « homme du futur » – l'expression me plongeait toujours dans des abîmes de perplexité – échoué en pleine nuit sur le causse Méjean. Je n'étais pratiquement jamais sortie de France jusqu'alors, quelques jours en Espagne offerts par le comité d'entreprise, un week-end en amoureux à Venise qui avait tourné au désastre, une brève excursion en Belgique… Les pages de mon passeport étaient restées désespérément vierges.

Nous étions allés à l'ambassade de l'Inde de Paris. L'hôtesse nous avait dit qu'il nous fallait passer par un bureau situé dans le 10ᵉ arrondissement, et que le délai pour obtenir le visa touristique était d'une dizaine de jours. Kort avait répliqué que nous ne pouvions pas attendre. Sa voix, qu'il modulait à volonté, avait eu un impact immédiat sur notre interlocutrice. Nous avions été reçus dans un bureau par une autre femme plus âgée dont l'air revêche n'avait pas davantage résisté à la voix de Kort. Elle avait pris nos passeports et était revenue vingt minutes plus tard avec les précieux visas et une facture de cent soixante euros.

Comme la combinaison gris métallique de Kort attirait les regards, je lui ai acheté une chemise et un pantalon beiges, une veste bleue et des chaussures légères dans une boutique de l'aéroport. Mes économies fondaient à une vitesse effarante. Les billets de TGV et d'avion m'avaient déjà coûté trois mille euros. Une rapide consultation sur une borne internet nous a appris que nous aurions plus de trente-cinq degrés en arrivant à Delhi. J'avais avec moi l'essentiel, la minuscule pochette de cuir contenant quelques espèces, ma carte bancaire et mon passeport, mon nécessaire de toilette et, surtout, ma chère crème hydratante. L'embarquement n'étant pas prévu avant six heures du matin, Kort m'a demandé si je souhaitais louer une chambre d'hôtel dans les environs.

« Ça ne vaut pas le coup pour une ou deux heures de sommeil, ai-je répondu (ma radinerie revenait au grand galop). Les sièges de la salle d'attente feront aussi bien l'affaire. »

Nous avons dîné dans un restaurant où l'on servait une nourriture grasse et insipide, puis nous nous sommes installés dans l'une des salles d'attente. La grève ayant entraîné l'annulation d'un grand nombre de vols, il régnait dans l'aéroport une atmosphère électrique. Des disputes éclataient sans cesse devant les comptoirs, les employés des compagnies rencontraient des difficultés grandissantes à calmer les voyageurs fous de rage.

J'ai réussi à m'approprier un siège et à détendre enfin mes jambes douloureuses. De nouveau, la fatigue me pesait sur les épaules et la nuque comme un joug, de nouveau mon crâne ressemblait à un champ labouré. J'ai perdu toute notion d'espace et de temps, mes pensées se sont désagrégées en rêves.

Un homme s'approche de moi à grands pas, le visage en partie dissimulé par un chapeau à large bord, je veux fuir, je ne peux pas, je suis plantée dans le sol... L'homme est maintenant tout près de moi, son odeur me fouette les narines, son haleine chaude me balaie le visage... Il m'agrippe le bras... Je hurle... Il m'écrase de toute sa hauteur... De tout son poids...

« Que vous arrive-t-il, Jeanne ? Vous avez crié. »

J'ai rouvert les yeux. Des dizaines de regards étaient braqués sur moi, dont celui de Kort, qui me fixait avec attention. À demi renversée sur le siège, j'ai précipitamment rabattu ma robe retroussée sur mes cuisses.

« La maladie… » Les mots peinaient à forcer le barrage de mes lèvres. « Les frontières entre la réalité et l'illusion s'estompent. Je me suis crue revenue chez moi à l'âge de cinq ou six ans. J'étais poursuivie par un homme et… »

J'ai tremblé en prononçant ces mots. Le souvenir enfoui dans les tréfonds de ma mémoire avait resurgi avec la soudaineté et la violence d'un geyser.

« Il vous a fait du mal ?

— Je ne sais pas… »

Je me suis secouée pour expulser les images, les sensations.

« Il vous en fait toujours, a repris Kort. C'est lui qui vous empêche de dormir. »

Il avait raison, j'en prenais conscience tout à coup, cet homme avait continué de vivre, de grandir en moi, et, maintenant, il encombrait mon espace, il m'interdisait de prendre ma place… Mon corps étant trop étroit pour deux, j'avais choisi de m'effacer. Je me rappelais vaguement que j'étais allongée sur mon lit, que ma mère me bombardait de questions, les yeux fous d'inquiétude, que je ne pouvais pas répondre, anéantie par la douleur, la honte et le chagrin.

J'ai jeté un coup d'œil à la pendule : 2 h 34.

J'ai essayé de rappeler à la maison ; aucune réponse. J'ai de nouveau songé à mon père et à mon frère, immobiles dans leurs lits, sans défense, et mon cœur s'est serré. Les reverrais-je un jour ? J'avais du mal à m'imaginer le moment où la vie s'éteindrait en moi, cet effacement sans doute semblable au sommeil dont on ne se réveille jamais. J'avais lu, pour me réconforter, plusieurs bouquins sur la vie *post mortem*, je n'y avais puisé aucune certitude sur l'après.

Y avait-il seulement un après ?

« Vous avez des frères ou des sœurs, Kort ?

— Je ne crois pas…

— Comment ça, vous ne croyez pas ?

— Disons que, si j'en ai, je ne les connais pas. »

Des vociférations ont éclaté dans un coin de la salle d'attente. Un début de bagarre opposait deux hommes, un jeune et un plus âgé, pour de sombres motifs de regards mal placés et de mains baladeuses. Une patrouille de militaires armés de fusils d'assaut a rapidement rétabli l'ordre et le calme.

« Pourquoi aviez-vous l'air si surpris que je perçoive votre vibration ? »

Kort est resté un instant silencieux, les yeux tournés vers le coin où avait éclaté la dispute.

« Vous n'êtes pas équipée.

— Équipée ? »

Il a désigné les voyageurs répartis sur les sièges.

« Il vous manque un élément. Comme à tous ceux-là.

— Quel élément ?

— Une séquence génétique.

— Vous l'avez eue comment, cette séquence génétique ?

— Elle est à la fois le résultat d'une évolution naturelle et d'une manipulation. » Il s'est tourné vers moi avec un sourire. « Je vous en ai encore trop dit. »

Je suis revenue à la charge après une salve d'annonces contradictoires diffusées par les haut-parleurs de l'aéroport.

« Vous avez été le cobaye d'une expérience génétique, c'est ça ?

— Nous autres humains sommes tous les cobayes de cette expérience perpétuelle qu'on appelle l'évolution. »

Les dix heures du vol Air France entre Paris et Delhi m'ont laminée. Impossible de me détendre dans les inconfortables sièges de la classe éco, impossible de fermer l'œil ne serait-ce qu'une demi-heure, impossible de m'intéresser aux films proposés sur le minuscule écran inséré sur le dossier du siège devant moi, impossible de toucher aux deux repas servis à quelques heures d'intervalle, seulement une interminable nuit rythmée par d'innombrables passages aux toilettes. Par bonheur, je n'étais pas obligée de déranger un ou plusieurs autres passagers pour gagner le couloir. J'éprouvais des difficultés grandissantes à démêler la réalité de l'illusion, comme si ma vie n'était plus qu'un rêve persistant. La seule prise à laquelle je me raccrochais était la vibration de Kort, ce frissonnement silencieux sans lequel je me serais effondrée depuis longtemps. Il ne dormait pas non plus. Ses yeux brillaient comme des étoiles à forte magnitude dans la pénombre de l'avion. J'avais beau essayer par tous les moyens de m'en défendre, j'étais en train de tomber amoureuse de lui.

Amoureuse d'un mystère. Comme une conne.

Une grande part d'espérance entrait sans doute dans cette inclination. Une multitude de questions me trottait dans la tête : qu'est-ce qui m'attirait en lui ? Qui était-il vraiment ? Est-ce que je ne confondais pas le bien-être que me procurait sa présence et l'élan amoureux ? N'était-ce pas le délire d'une femme qui basculait dans la démence ? Et cette autre, saugrenue, tout aussi obsédante : comment un homme comme lui embrasse-t-il ?

« Que comptez-vous faire au Bhoutan ? » ai-je demandé.

Il a vérifié que personne ne pouvait l'entendre avant de répondre, à voix basse : « Retrouver ceux que je cherche.

— Combien sont-ils au juste ?

— Il s'agit d'une organisation.

— Criminelle ?

— On peut le dire.

— Une sorte de mafia ?

— Il n'y a pas... » Le marmonnement d'un passager endormi derrière nous l'a interrompu quelques secondes. « ... vraiment d'équivalence.

— L'un d'eux habitait en France, mais les autres, ils viennent d'où ?

— Ils n'ont pas de pays à proprement parler.

— Tout le monde est originaire de quelque part ! »

D'une mimique, il m'a invitée à contrôler le volume de ma voix.

« L'appartenance à un pays est une idée désuète, obsolète. »

Les lumières et les formes se sont superposées dans mon champ visuel. J'ai fermé les yeux, appuyé ma nuque sur l'appuie-tête, pris conscience de la douleur qui partait de mon crâne et se répandait jusque dans mes extrémités. Le mal progressait, je perdrais bientôt toute raison, je déambulerais dans une forêt irréelle, cauchemardesque, dont je ne trouverais jamais la sortie. Je me suis demandé si Kort n'était pas une créature chimérique échappée de mon imagination, un fantasme d'homme.

L'arrivée à Delhi m'a procuré un énorme soulagement. Je me suis levée dès que le signal lumineux enjoignant aux passagers de garder leur ceinture bouclée s'est éteint, pressée de quitter l'espace confiné, nauséeux, de l'avion. Les formalités douanières se sont éternisées. Malgré la climatisation de l'aéroport ultra moderne de la capitale indienne, la fournaise m'a dégringolé dessus comme une chape de plomb. Kort ne paraissait pas souffrir de la chaleur. Rien, d'ailleurs, ne l'incommodait, ni les longues heures dans un siège d'avion trop exigu pour ses longues jambes, ni la fatigue, ni la faim, ni les imprévus, ni les interminables files d'attente devant les guichets de la douane.

J'ai vérifié mon billet pour la centième fois.

« Nous avons un jour pour obtenir le visa pour le Bhoutan. »

Une pendule électronique affichait ses chiffres rouges sur l'un des murs aux couleurs déjà enfuies : 17 h 45.

« Trop tard pour aujourd'hui, ai-je grommelé. L'ambassade ferme à 17 heures.

— Nous irons demain à la première heure. Trouvons un hôtel proche de l'ambassade. Vous avez un besoin urgent de repos.

— Pas vous ? »

Il m'a lancé un regard que je ne lui connaissais pas, empreint d'une sourde inquiétude.

« Mon écho perd de sa puissance. Comme s'il était brouillé. Comme si on m'empêchait de retrouver ceux que je cherche.

— Qui ?

— Je ne sais pas, je ne comprends pas. »

Le taxi roulait à tombeau ouvert dans les rues encombrées de Delhi sans respecter une seule fois ce qu'on appelle ailleurs le Code de la route. Il klaxonnait sans cesse, doublait à droite, à gauche, au milieu, évitait les obstacles au dernier moment, les rickshaws, les vélos, les piétons, les charrettes, les vaches en liberté, les camions et les bus pour la plupart dépourvus de lumières, ne s'arrêtait pas aux feux rouges, ni ne marquait le moindre ralentissement aux croisements, comme si nous étions projetés dans un jeu vidéo grandeur nature. Le chauffeur, un sikh, se retournait sans cesse pour nous jeter des coups d'œil à la fois intrigués et amusés. De la ville, on n'apercevait que des façades claires plongées dans la pénombre et un grouillement permanent sur les trottoirs ou les bas-côtés. Même si j'avais eu un petit aperçu de la chaleur dans l'aéroport, même si la nuit était tombée avec une brutalité surprenante, j'avais l'impression de déambuler dans un four géant. Le chauffeur nous avait proposé un hôtel *verrrry good and cheap* tout près de l'ambassade du Bhoutan dans le quartier de Chanakyapuri. Il s'était presque battu avec un autre taxi au sortir de l'aéroport. L'autre avait fini par abandonner après lui avoir lancé un flot d'imprécations et un regard assassin. Je mourais d'envie de prendre une douche et de m'allonger.

Le taxi nous a déposés dans un quartier résidentiel et relativement calme et entraînés vers un hôtel qui se terrait au fond d'une impasse et dont un Ganesh de pierre au ventre rebondi gardait l'entrée. L'odeur m'a de nouveau assaillie, un mélange improbable de pourriture, d'épices, d'hydrocarbures et d'encens.

« *Verrry cheap, verrry nice, my frrriends* », a répété pour la centième fois le chauffeur avec un sourire éclatant de blancheur au milieu de sa barbe noire.

Le sol a commencé à tanguer sous mes pieds.

Le réceptionniste, un jeune Indien dont la main gauche comptait six doigts, nous a proposé une chambre avec climatisation et eau chaude pour soixante-huit euros, ou une chambre sans climatisation avec eau froide pour trente-cinq euros. J'ai opté pour la chambre climatisée, au diable l'avarice ! Le visage réprobateur de mon père m'est apparu lorsque j'ai tendu ma carte au réceptionniste. Une jeune femme vêtue d'un sari orange et d'un choli vert pistache nous a conduits à notre chambre, située au rez-de-chaussée et donnant sur un jardin mal entretenu. Elle nous a demandé si nous désirions quelque chose à manger ou à boire. Nous avons opté pour des jus d'ananas frais, puis Kort a refermé la porte, réglé la climatisation, et j'ai enfin pu me précipiter dans la salle de bains et m'abattre comme un vautour sur la cuvette des toilettes.

Le cri d'un macaque m'a réveillée. Il jouait avec deux de ses congénères dans les frondaisons du banyan qui se dressait au centre du jardin entre deux bassins aux eaux verdâtres. Je ressentais une fraîcheur et une vigueur que je n'avais pas goûtées depuis bien longtemps. Vêtu de son seul pantalon, Kort était allongé sur le dos de l'autre côté du lit, les yeux clos, le visage détendu. Sa vibration résonnait plus fort que d'habitude, comme si sa fréquence reprenait de la puissance au repos. J'ai admiré son torse glabre aux proportions parfaites, sa musculature déliée et la finesse de sa peau. Je n'avais jamais partagé l'intimité d'un homme aussi harmonieux. Même Basile, mon premier petit ami, un beau garçon pourtant, ne soutenait pas la comparaison. Quant à Benjamin, on ne pouvait pas dire que je l'avais choisi pour son physique, avec sa bouée de graisse autour de la taille, sa calvitie naissante, ses cuisses maigres, son cou de poulet déplumé, et son sexe violacé et disgracieux.

J'ai combattu l'envie, pourtant pressante, de promener mes mains sur la peau de Kort, de confirmer mon impression visuelle par le toucher. Mon corps se gonflait d'un désir que je ne me croyais plus capable d'éprouver. Qu'à dire vrai je n'avais jamais vraiment éprouvé. La femme en moi se déployait, péremptoire, balayant ma pudeur, mes fluides, ma sève, inondaient une chair que j'avais crue morte, j'ai oublié la présence de Kort et me suis débarrassée de ma culotte, mes doigts se sont engouffrés entre mes cuisses, jamais leurs caresses ne m'avaient procuré des sensations si fortes, si ensorcelantes, j'ai fermé les yeux pour m'offrir à la montée de ma jouissance, il me semble avoir gémi lorsque le plaisir m'a débordée et abandonnée tremblante sur le lit.

J'ai croisé le regard de Kort quand j'ai rouvert les yeux. Je n'ai pas ressenti de honte, même pas une simple gêne.

« Ça fait longtemps que vous…

— Que je joue les voyeurs ? m'a-t-il interrompue avec un petit sourire. Je ne dormais pas.

— Désolée, je pensais que… Je ne voulais pas vous…

— Vous ne m'avez ni réveillé, ni dérangé, ni choqué. Le désir vous revient, bon signe. Et vous avez dormi plus de six heures d'affilée. »

Je me suis redressée sans chercher à dissimuler ma nudité. Au contraire même, il me plaisait de m'exhiber devant lui, son regard me troublait, m'embellissait, me réconciliait avec moi-même.

« Six heures ! Ça fait des mois que ça n'est pas arrivé. »

J'ai failli éclater en sanglots. Puis ma vessie s'est rappelée à mon bon souvenir, et je me suis levée avec une telle précipitation que, prise de vertige, j'ai failli perdre l'équilibre. Je me suis appuyée contre le mur pour ne pas tomber. La fraîcheur de la chambre m'a couverte de frissons. Je me suis rendue dans la salle de bains, entièrement carrelée de blanc, et j'ai pris une douche – froide, ce n'était probablement pas la bonne heure pour l'eau chaude.

J'ai entendu des bruits tandis que je m'essuyais avec vigueur pour réchauffer ma peau glacée.

Des ahanements, des claquements, des craquements…

On se battait de l'autre côté de la porte. J'ai hésité sur la conduite à suivre. Rester bien sagement dans la salle de bains en attendant que les choses se tassent ? Aller voir ce qui se passait ? J'ai opté pour la deuxième solution.

La serviette enroulée autour de mon corps, j'ai entrouvert la porte.

Kort et un intrus au crâne lisse s'affrontaient dans l'espace entre le lit et la fenêtre. Ils se déplaçaient tous les deux à une telle vitesse que je pouvais à peine les suivre du regard. J'ai seulement constaté que la plupart de leurs coups se perdaient dans le vide. La tunique et le pantalon amples de l'autre homme lui laissaient une entière liberté de mouvements. Comme Kort, son visage figé ne trahissait aucune émotion, aucun effort. Ses yeux de loup se sont enfoncés dans les miens le temps d'un souffle, et j'ai vacillé, frappée par leur puissance. S'il parvenait à neutraliser Kort, il s'abattrait sur moi comme un prédateur sur sa proie. Mon envie de survivre, irrésistible tout à coup, s'est traduite par des tremblements qui ont dégénéré en spasmes. Un réflexe stupide m'a entraînée à me réfugier dans la salle de bains et à tirer le verrou. Une protection dérisoire. J'ai perdu quelques gouttes d'urine, je n'y ai prêté aucune attention.

Un cri a transpercé le bois de la porte, puis des bruits de pas se sont amplifiés dans le silence restauré.

5

Chers amis,

Je vous écris de Delhi, où je suis arrivé depuis deux jours. J'attends le prochain vol pour l'aéroport de Paro. J'ai rencontré quelques difficultés à obtenir mon visa à l'ambassade du Bhoutan. J'ai eu peur un instant qu'il n'y ait eu une erreur sur mon passeport, pourtant authentique, mais, en discutant avec l'aimable jeune femme qui m'a reçue dans son bureau, je crois plutôt que les autorités bhoutanaises ont décidé de réduire encore le contingent touristique pour éviter au pays de perdre son identité déjà malmenée par la prolifération des téléphones portables et le développement des réseaux sociaux. J'ai dû recourir à la force de persuasion mentale et vocale pour la convaincre de m'accorder le précieux sésame.

L'un de mes hommes de confiance m'a envoyé un e-mail où il raconte avoir trouvé le corps sans vie de l'un des veilleurs chargés de garder ma maison, ce qui prouve qu'un deuxième visiteur – un ou plusieurs – s'est introduit dans la propriété. L'intrus a neutralisé les chiens et fureté dans mon ordinateur, mais je ne pense pas qu'il ait réussi à déverrouiller les cryptages. Son irruption semble prouver en tout cas que plusieurs humods ont franchi les temptes et sont passés dans cette époque. Pourquoi ont-ils choisi l'année 2017 ? Est-ce la simple résultante des fluctuations quantiques ? Nous avions nous-mêmes prévu d'arriver à la fin du XIXe siècle, qui nous paraissait plus propice à l'anonymat, mais les aléas des quantas nous ont projetés en 1918. Le temps garde une partie de son mystère.

Comme notre pointe 2, je souffre du vacarme étourdissant de la capitale indienne, une ville qui bruisse vingt-quatre heures sur vingt-quatre et ne laisse aucun moment de répit. Étant habitué au calme et au silence de ma campagne de France, je sens que mon système nerveux perd peu à peu de sa sensibilité, sa manière, je suppose, de résister à l'agression que représente ce tapage incessant.

J'éprouve également le besoin urgent, vital, de mêler mon écho aux vôtres. Il semble effectivement que l'arrivée des humods ait perturbé notre potentiel vibratoire. Nous ne savons pas comment a évolué le monde que nous avons quitté. Nous pensions, à tort sans doute, qu'en perçant le secret du voyage temporel nous avions atteint un sommet de connaissances qui, une fois nos travaux détruits, serait difficile à surpasser, nous avons péché par présomption, moi le premier. Le temps est venu de nous défendre, de renouer avec cet esprit combatif qui nous a permis d'échapper au blocage perpétuel auquel nous étions condamnés. Je suis impatient de vous retrouver, mais, hélas, la Druk Air ne propose que deux correspondances par semaine pour Paro, une nouvelle illustration de l'assèchement touristique décidée par les autorités du Bhoutan. Les décès consécutifs des deux gardiens que j'avais recrutés pour surveiller la maison ont donné lieu à une enquête de gendarmerie, mais mon homme de confiance m'affirme qu'elle devrait déboucher sur un constat de double cambriolage ayant mal tourné. Il s'occupe, heureusement, des formalités administratives et me décharge de toute obligation vis-à-vis des autorités locales.

Je reconnais avoir commis une faute en occupant depuis une centaine d'années la maison bâtie par l'un de mes ancêtres. Lorsque je l'ai rachetée, je pensais qu'elle m'offrirait un parfait havre de paix, mais si les connaissances ont progressé dans le monde que nous avons quitté, il est possible que les humods soient parvenus à récupérer certaines de mes données dans mon terminal quantique et, donc, à me localiser. Les échos inquiétants que je perçois sont de plus en plus proches, comme si le filet se resserrait inexorablement autour de moi. Vivant dans une méfiance exacerbée, je regarde chaque client de l'hôtel que je croise dans le hall comme un ennemi potentiel. J'ai attiré le danger sur notre Trimurti, j'en suis profondément désolé, mais je vous prie de croire que je mettrai tout en œuvre pour réparer mon erreur.

Les heures qui me séparent de nos retrouvailles s'écoulent avec une lenteur exaspérante. Je me demande si vous avez changé. Pour ce qui me concerne, quelques fils argent sont apparus dans ma chevelure, mais mes traits sont, je crois, restés les mêmes. J'ai conservé la sveltesse et la vigueur de mes jeunes années. Je suppose que c'est identique pour vous : nos gènes

modifiés nous préservent du vieillis-
sement accéléré que connaissent les
gens de cette époque.

Quoi qu'il en soit, je me réjouis
de vous revoir dans quelques jours.
Croyez en ma plus sincère amitié,

S. Pointe 3 de la Trimurti

Des coups ont ébranlé la porte de la salle de
bains. Je n'ai pas bougé jusqu'à ce qu'une voix
familière s'élève.

« Ouvrez, Jeanne, il n'y a plus de danger. »

J'ai éprouvé à la fois du soulagement et de la
joie lorsque Kort, toujours torse nu, est apparu
dans l'entrebâillement. Des stries semblables à
des griffures zébraient sa poitrine.

« Vous êtes blessé... »

Il s'est engouffré dans la petite pièce, a ouvert
le robinet de l'un des deux lavabos et a passé
sa main mouillée sur les égratignures.

« Ce n'est rien, a-t-il murmuré. Certains ont des
ongles enduits de poison, ce n'était pas son cas.

— Vous en êtes certain ?

— Je serais déjà mort sinon : le poison est
foudroyant.

— Qui est-ce ?

— Un humod. Un humain aux gènes renforcés.

— Il vient de... votre époque ? »

Kort s'est essuyé méticuleusement à l'aide
d'une serviette.

« Probablement.

— Pourquoi a-t-il tenté de vous tuer ?

— J'aimerais le savoir.

— Vous l'avez…

— Pas le choix. »

Je suis sortie de la salle de bains. Le corps de l'humod reposait sur le sol dans une curieuse posture. Sa tête formait un angle insolite avec son cou. Sa corpulence, nettement supérieure à celle de Kort pourtant, ne m'avait pas frappée lors de leur affrontement. Ses yeux grands ouverts d'une étrange couleur or et ses ongles aussi longs et effilés que des griffes accentuaient son allure de fauve. Une parfaite machine à tuer. Que Kort soit parvenu à le terrasser m'a à la fois étonnée et rassurée.

« On ne peut pas laisser son corps ici. Que comptez-vous en faire ? »

Il a désigné la fenêtre entrouverte donnant sur l'arrière du bâtiment ; un fossé profond et envahi d'herbes folles bordait le mur.

« L'abandonner ici : la végétation devrait le recouvrir. »

Après avoir jeté un coup d'œil à l'extérieur, il a soulevé le cadavre sans effort apparent et l'a laissé tomber par-dessus la balustrade métallique. Je l'ai rejoint près de la fenêtre, saisie par la bouffée de chaleur écrasante que j'avais oubliée dans la chambre climatisée. Le corps de l'humod avait disparu dans les herbes. Les passants qui déambulaient une dizaine de mètres plus loin dans la rue défoncée n'avaient rien remarqué.

« L'ambassade du Bhoutan est ouverte ? » a demandé Kort.

La vieille pendule accrochée au mur indiquait 7 h 30.

« Dans une heure et demie.

— Ça nous laisse le temps de prendre un petit déjeuner. »

Je n'ai rien pu avaler, ni le jus d'ananas frais, ni le thé, ni les galettes fourrées aux légumes au fumet pourtant alléchant que Kort a mangées avec une concentration presque religieuse.

L'ambassade étant située à moins de cinq cents mètres de l'hôtel, nous avons décidé de nous y rendre à pied en suivant les indications embrouillées du réceptionniste. Une erreur : la chaleur, l'odeur, la cohue dans certaines rues ont rendu le trajet extrêmement pénible. J'avais la sensation d'inhaler du plomb fondu et mes veines semblaient sur le point d'éclater. J'ai failli m'effondrer à mi-chemin, et il a fallu que Kort me soutienne pour que je réussisse à atteindre le bâtiment de l'ambassade. En regard de la fournaise extérieure et de la lumière aveuglante, l'air climatisé et la pénombre du bâtiment me sont apparus comme le vestibule du paradis.

On a fini par nous accorder le visa après une longue attente et en dépit de réticences que Kort a balayées de quelques modulations de sa voix. Les hôtesses en tenue traditionnelle ont fait preuve d'une amabilité et d'une patience à toute épreuve. Notre hâte à nous rendre dans le royaume himalayen éveillait la méfiance de notre interlocuteur, un homme également vêtu du costume bhoutanais. Nous avons argué que nous ne disposions que de peu de temps et que nous avions déjà réservé notre billet pour Paro. Son regard venait sans cesse s'échouer sur Kort, qui, visiblement, l'intriguait. Au-dessus de lui, le portrait du jeune roi nous fixait avec un sourire détaché. Le préposé aux visas a enfin apposé le précieux tampon sur nos passeports en nous rappelant que nous devrions verser une caution de deux cent cinquante dollars par jour de présence – comme il nous a accordé quinze jours en fonction de nos billets retour, la caution se monterait à sept mille dollars US qui nous seraient remboursés à notre départ.

Il nous fallait désormais trouver une banque qui accepterait de me remettre une telle somme avant notre départ pour Paro. Nous sommes revenus à l'hôtel en rickshaw. Le réceptionniste de l'hôtel, le garçon aux six doigts, nous a parlé de *PayTop,* un système internet de transfert instantané d'argent récupérable dans leur agence à Delhi. Il suffisait d'une carte bancaire. La transaction nous a pris environ une heure, grâce aux bons offices du réceptionniste dont les compétences en informatique nous ont fait gagner un temps précieux. J'ai eu un pincement aux entrailles lorsque j'ai saisi le montant du transfert. Je n'avais pas l'habitude de manipuler de telles sommes, et mes réflexes étriqués de fille de

Jean-Pierre Boisvin se sont rappelés à mon bon souvenir au moment de vider l'un de mes livrets. Je me suis rassurée en me répétant qu'il ne s'agissait que d'une caution, que cet argent me serait rendu lorsque je quitterais le Bhoutan. La façon dont, à la veille de ma mort, je m'accrochais encore à mes peurs et à mes maigres avoirs m'a déconcertée.

« *Money will be avalaible in two hours* », a déclaré le réceptionniste avec une lueur de triomphe dans les yeux.

Il nous a proposé de commander un taxi qui nous conduirait à l'agence PayTop puis directement à l'aéroport : étant donné les embouteillages monstrueux de Delhi, il valait mieux prendre nos précautions. La voiture viendrait nous chercher dans une heure et demie. J'ai donné vingt euros au réceptionniste pour le remercier de ses services, il s'est incliné, les mains jointes à hauteur de poitrine, et a remué la tête, avec cette grâce particulière aux Indiens.

J'ai pris ma deuxième douche du jour et me suis étendue sur le lit, vêtue de ma seule serviette. Kort s'est allongé à côté de moi. Sa vibration m'a emplie tout entière et a estompé en partie ma lassitude. J'ai espéré un moment que ses mains se posent sur ma peau et enchantent la femme qu'il avait réveillée en moi, mais il n'a pas bougé. J'ai perdu la notion du temps et fini par m'assoupir.

Lorsque je me suis réveillée, il n'était plus dans le lit. Des pensées vénéneuses m'ont assaillie :

je lui avais toujours accordé une confiance aveugle, mais je ne savais toujours rien de lui, rien de ces hommes qu'il poursuivait, rien de ces humains modifiés qui le pourchassaient. Quelle était sa véritable mission ? Je l'avais spontanément classé dans le camp du bien, mais la froideur avec laquelle il éliminait ses adversaires soulevait des doutes en moi. N'étais-je pas en train d'aider un tueur, une bête de combat lâchée à notre époque pour d'inavouables raisons ? N'étais-je pas envoûtée par sa vibration ?

Il a fait son retour dans la chambre. Je l'ai trouvé très élégant dans la chemise et le pantalon beiges que je lui avais achetés à Roissy, et je me suis félicitée de mon bon goût. Tous mes doutes se sont envolés. Je me sentais bien en sa compagnie et, quand on s'apprête à franchir le seuil de la mort, on se fiche bien que la dernière personne à vous faire du bien soit le pire des assassins présents ou futurs.

« Le taxi est là. »

Je me suis rhabillée rapidement, puis j'ai réglé la note d'hôtel – ma carte commençait à me brûler les doigts – et, escortés du réceptionniste, nous nous sommes engouffrés dans le taxi, par bonheur climatisé.

Le vol entre Delhi et Paro ne prend que deux heures et demie. Deux passages aux toilettes et une collation plus tard, l'avion frappé du dragon jaune orangé de la Druk Air s'est posé sur la piste après des manœuvres délicates entre les montagnes aux pics acérés. À plusieurs reprises, j'ai cru que l'aile penchée presque à la verticale allait heurter les pentes brunes qu'elle frôlait, mais l'appareil s'est faufilé sans encombre entre les murailles rocheuses. Le calme, la fraîcheur et le silence qui régnaient sur l'aéroport de Paro offraient un contraste saisissant avec le grouillement, la chaleur et le gigantisme de Delhi. Kort observait avec une extrême attention chacun des passagers qui dévalaient la passerelle, pour moitié Bhoutanais, pour moitié Indiens et Occidentaux.

Je me suis aperçue que la brume épaisse qui enserrait les toits des constructions était en réalité des nuages. Un crachin tenace noyait les montagnes environnantes dont on devinait les ombres figées. Mon boléro léger ne suffisant pas à me protéger de la fraîcheur, je me suis mise à frissonner. Kort a posé sa veste sur mes épaules, un geste dont la délicatesse a fini d'égailler toutes mes pensées négatives à son sujet.

« Vous allez avoir froid, ai-je protesté tout en me pelotonnant déjà dans son vêtement.

— Ne vous inquiétez pas pour moi. »

Nous avons franchi la douane après nous être acquittés de la caution. Les Bhoutanais sont des gens placides qui ne semblent pas connaître le sens du mot énervement. La plupart d'entre eux portent des tenues traditionnelles, le kira pour les femmes, un tissu imprimé enroulé autour du corps et assorti à une veste en soie appelée

toego ; le gho pour les hommes, une robe serrée à la taille et associée à des chaussettes
montantes noires ou des bottes aux couleurs
criardes. J'ai eu l'impression d'être passée tout
à coup dans un monde parallèle. L'aéroport
lui-même semblait issu d'une époque révolue
avec ses modestes bâtiments colorés aux toits
pentus qui m'ont rappelé certaines cases de
Tintin au Tibet.

Avant de nous installer dans le taxi vers
Timphu, la capitale distante d'une quarantaine
de kilomètres, Kort est resté un moment immobile, les yeux fermés, puis, lorsqu'il s'est assis à
mon côté sur la banquette arrière, il m'a expliqué qu'il percevait plusieurs échos tout proches,
ceux des trois fugitifs et d'autres, plus discor-
dants, d'humains modifiés.

« Avant, ils n'émettaient pas d'écho à cause
de la perturbation de leur ADN. Mais les techs
ont trouvé le moyen de remédier à ce défaut,
même si pour l'instant leur signature vibratoire
n'a pas les mêmes qualités qu'un humain pur.

— Et vous, Kort ? Êtes-vous un homme modifié ?

— Nous le sommes tous. Mais notre transfor-
mation n'utilise que des gènes humains, tandis
qu'on transforme l'ADN des humods avec des
gènes de règnes différents.

— Comment avez-vous réussi à vaincre celui
qui s'est introduit dans notre chambre de Delhi ?

— J'appartiens à un corps d'élite militaire. Je
suis formé à combattre tous types d'adversaires. »

J'ai croisé le regard du chauffeur dans le rétroviseur du taxi. Je lui ai demandé s'il parlait français, il n'a pas répondu, et il s'est contenté de se retourner en m'adressant un sourire joyeux. La route sinuait entre les crêtes. Des panneaux routiers, qui tenaient davantage du précepte bouddhiste que du panneau autoroutier, recommandaient aux conducteurs de prendre leur temps et de rester calmes en toutes circonstances. Les nuages ensevelissaient en partie les sommets. J'ai voulu rendre sa veste à Kort, il l'a refusée, affirmant que son génome avait été modifié pour supporter les climats extrêmes.

« Le monde de votre temps ressemble au *Meilleur des mondes* de Huxley.

— Qui est-ce ? a-t-il demandé.

— Un auteur de la première moitié du XXe siècle. Son livre annonce les dérives de la biotechnologie.

— Pourquoi parlez-vous de dérives ? Elle a accéléré l'évolution de l'espèce humaine.

— Où est le progrès ? Vous êtes plus forts et résistants que les hommes et les femmes d'aujourd'hui, vous avez la possibilité de revenir dans le passé, mais c'est pour vous pourchasser et vous tuer les uns les autres… »

Il a gardé le silence un instant. Au détour d'un virage, comme surgie de nulle part, une femme assise derrière un énorme tas de piments rouges surveillait une vache famélique sur le bas-côté de la route. Les taches blanches des monastères perchés à flanc de montagne et celles, plus colorées, des tissus de prière, égayaient les pentes abruptes et nues.

« Certaines choses doivent être faites. »

Il s'est détourné et absorbé dans la contemplation du paysage. Je n'ai pas insisté : j'ai compris que je n'en tirerais pas davantage. De toute façon, je n'avais pas les clés pour comprendre son monde.

À la tombée de la nuit, nous sommes passés sous une arche aux couleurs bariolées qui enjambait la route et symbolisait la porte de la ville de Timphu. La capitale du Bhoutan ressemble à une grosse bourgade d'une campagne de France. Des immeubles de trois à quatre étages poussent un peu partout aux abords de la ville, cernés d'échafaudages en bambou sur lesquels se baladent des ouvriers, des Indiens le plus souvent, sans aucune protection. J'ai demandé dans mon anglais approximatif au chauffeur s'il connaissait un bon hôtel pas trop cher dans le centre, il a hoché la tête en souriant et nous a déposés devant la porte d'un bâtiment aux façades blanches et au style typique, le *Bhutan Suites*. Une hôtesse en tenue traditionnelle et au sourire perpétuel nous a conduits à notre chambre du troisième étage, d'où nous avions une vue magnifique sur les pentes verdoyantes de l'Himalaya.

Par bonheur, l'hôtel disposait d'un ascenseur ultra-moderne : j'aurais été incapable de gravir l'escalier, une fatigue immense m'était tombée dessus au sortir du taxi. Les formes commençaient à danser devant moi et j'éprouvais les pires difficultés à garder l'équilibre. Et toujours cette peur panique de perdre le contrôle sur ma vessie ou mes intestins. J'ai coupé court aux explications de l'hôtesse pour pouvoir enfin m'enfermer dans la salle de bains. J'ai constaté, mortifiée, que j'avais souillé ma culotte et je me suis retenue de hurler en me mordant l'intérieur des joues. Une charge de plusieurs centaines de kilos m'est tombée sur les épaules et la nuque. Une pointe brûlante m'a transpercé le crâne. Envie de mourir, soudain. Il fallait absolument que je m'achète des sous-vêtements. Des tonnes de sous-vêtements. Kort a frappé à la porte de la salle de bains.

« Tout va bien, Jeanne ?

— Ça va. Je vais prendre une douche. »

L'eau chaude m'a fait du bien. Mes larmes se sont mêlées aux gouttes brûlantes tombant de la pomme de douche, puis je me suis essayée à l'hilarité thérapeutique et j'ai perçu dans les éclats de mon faux rire de vraies notes de désespoir. Je me suis enveloppée dans l'un des deux peignoirs blancs mis à la disposition des clients, j'ai lavé ma culotte, l'ai mise à sécher près du radiateur, j'ai regagné la chambre où Kort, assis sur le lit, les yeux clos, semblait plongé dans un profond recueillement. Je me suis allongée à côté de lui et, bercée par sa vibration, me suis assoupie au bout de quelques instants.

Lorsque j'ai rouvert les yeux, environ une demi-heure plus tard, il n'avait pas bougé. Il m'a souri lorsque j'ai croisé son regard. Je l'ai trouvé particulièrement séduisant dans la lumière tamisée des appliques.

« Vous vous sentez mieux ? »

Je me suis redressée, ai rajusté le peignoir et me suis adossée à un oreiller.

« Je suis désolé de vous avoir entraînée dans cette histoire, a-t-il poursuivi. Votre état… »

Je l'ai coupé d'un geste péremptoire.

« Rien ne m'y obligeait. Et puis, sans vous, je me serais laissée mourir comme une conne dans la maison de mon père. »

Il m'a fixée avec une intensité que je ne lui connaissais pas, terriblement humaine, presque brûlante.

« Vous êtes très belle, Jeanne. »

J'ai décelé des fissures, des regrets peut-être, dans sa voix d'habitude inaltérable. Il a paru hésiter avant de se relever brusquement et de se rendre près de la fenêtre. Une ombre froide m'a recouverte, contrastant désagréablement avec la vague de chaleur dans laquelle j'avais roulé quelques secondes plus tôt.

« Les échos s'affaiblissent, a-t-il repris sans se retourner.

— Ça veut dire quoi ?

— Que ceux que je recherche s'éloignent de Timphu.

— Vous savez où ils vont ? »

— Vers l'est. Ils cherchent sans doute à se réfugier dans un coin tranquille de l'Himalaya.

— Vous pourriez remonter leur piste ? »

Il m'a lancé un coup d'œil par-dessus son épaule.

« Il me suffit de suivre leurs échos.

— Comme un chien flaire une odeur ?

— Si vous voulez. L'un des échos particulièrement, plus clair, plus proche que les autres. Demain, il nous faudra louer une voiture. Mais vous pouvez attendre ici que j'en aie fini avec eux. »

Je l'ai rejoint devant la fenêtre. Quelques lumières brillaient dans la nuit indéchiffrable qui escamotait la ville et la montagne.

« Hors de question ! Pour une fois que je voyage, je ne vais pas passer tout mon temps à l'hôtel. »

Il m'a alors prise dans ses bras et serrée contre lui avec une douceur inattendue.

6

Chers amis,

En vous attendant, je suis parti en reconnaissance en direction de l'est du Bhoutan après avoir recruté le chauffeur dont m'avait parlé l'employé de l'hôtel. Pourquoi l'est, me demanderez-vous ? On m'a dit - et j'ai pu le vérifier sur certains sites - que le district de Trashigang était la région la moins touristique du pays. J'ai pensé que cet isolement nous garantirait une certaine tranquillité. Car nous sommes en danger, mes amis. Les humods ou qui que ce soit lancés à nos trousses se rapprochent. J'ai perçu un écho blessant dont la proximité et la puissance m'ont alarmé. L'urgence m'a commandé de préparer votre venue afin que nous ne perdions pas un instant. Aussitôt que vous aurez débarqué à l'aéroport de Paro, nous filerons directement à Trashigang où j'ai réservé un hôtel situé à l'écart de la ville (un bourg plutôt qu'une ville avec ses trois à quatre mille habitants) en pleine montagne. Nous y serons bien et, je crois, au calme pour pratiquer l'échosion, trouver en nous les ressources, déjouer les manœuvres de nos ennemis. Le *Lengkhar Lodge* offre des vues merveilleuses sur les montagnes environnantes. S'il ne vous semble pas assez sûr, nous pourrons chercher un quelconque monastère perdu qui propose un hébergement, mais la plupart de ceux-là sont maintenant répertoriés dans les guides touristiques, équipés d'internet, et n'assurent pas davantage de sécurité qu'un établissement comme le *Lengkhar* – en outre, argument non négligeable, le confort des monastères n'est pas du même niveau.

Comme notre pointe 1 arrive quelques heures avant notre pointe 3, nous attendrons ce dernier à l'aéroport, puis nous prendrons immédiatement la route de Trashigang, une route par ailleurs spectaculaire, impressionnante, qui traverse le pays de part en part. Le chagrin causé par la mort de ma dernière épouse, qui m'a accompagné jusqu'ici, s'est en partie estompé dans la beauté époustouflante des paysages bhoutanais. La route est par endroits si étroite qu'on craint à chaque instant la collision avec les véhicules roulant dans l'autre sens, ou avec une vache égarée, ou encore avec une charrette. Notre chauffeur, par bonheur, est d'une adresse, d'une patience et d'une placidité à toute épreuve. Lorsqu'il repère un bus ou un camion dans les lacets serrés, il se range au ras du précipice et me regarde avec un sourire mi-ironique, mi-rassurant. Je vous avoue que je ne suis guère tranquille en voyant les tôles se frôler. Le miracle, pourtant, s'accomplit chaque fois. Comment des véhicules peuvent-ils se croiser sur une route trop étroite pour les accueillir tous les deux ? Voilà un mystère que nos connaissances ne pourront jamais éclaircir !

Par quel biais nos poursuivants sont-ils parvenus à nous localiser ? Une chose est de franchir une porte temporelle, une autre est de retrouver la piste de trois fuyards disséminés sur la planète. Une seule explication m'est apparue : la maison familiale de notre pointe 3. Sans doute a-t-on fouillé notre passé, ainsi que les passés de nos familles respectives, avant d'entreprendre le voyage temporel ? Sans doute a-t-on localisé le siège géographique de nos ancêtres ? Il y avait une chance, minime mais réelle, que l'un d'entre nous fût tenté de renouer avec ses racines, et c'est ce qui s'est passé. Aucun reproche dans mon propos, chère pointe 3, j'essaie seulement de comprendre. Nos ennemis ont préparé leur coup avec une extrême méticulosité, ce qui nous montre toute l'étendue de leur détermination. Nous allons devoir déployer la même résolution, la même volonté farouche de nous défendre. Je ne crois pas qu'ils aient l'intention de nous bloquer et de nous ramener à notre époque d'origine, mais de nous éliminer ici et maintenant. Sans doute ont-ils étudié les perturbations possibles de la trame, et, comme nous n'avons laissé aucune trace de nous-mêmes – rassurez-moi : vous n'avez pas eu d'enfant, n'est-ce pas? –, aucune modification n'est à craindre dans le futur, ou dans leur présent.

J'ai hâte de discuter de tout cela avec vous.
Recevez mes amitiés sincères,

V. Pointe 2 de la Trimurti

Chers amis,

Le dernier message de notre pointe 2 m'a grandement perturbé. Je me sens responsable de la situation et m'en veux d'avoir cédé à l'appel de la nostalgie. Comme vous, je perçois les échos menaçants de plus en plus proches. L'un d'eux me semble à la fois plus lointain et, étrangement, plus familier. Je n'ai quand même pas commis la bêtise d'obéir à cette autre impulsion qui me poussait à laisser une trace génétique dans ce temps – je me demande, d'ailleurs, si nous n'aurions pas mieux fait : nos ennemis n'auraient peut-être pas osé s'en prendre à nous par crainte de bouleverser leur présent. Pourrons-nous contrer leur puissance, que je devine immense, par l'union de nos échos ?

Finalement, et sans chercher à m'exonérer de ma responsabilité, est-ce que ça ne devait pas arriver tôt ou tard ? N'est-ce pas le fruit de la fatalité ? Je sais que nous rejetions la notion de destinée, persuadés que la connaissance scientifique nous permettrait d'exercer une maîtrise totale sur nos existences, mais ce siècle passé en compagnie des hommes de l'ancien temps m'a enseigné que nous ne pouvons pas tout contrôler, que des grains de sable se glissent dans les mécaniques les mieux huilées, que l'infiniment petit s'oppose aux certitudes du monde macroscopique, que la prison la mieux sécurisée n'empêche pas les évasions, nous en savons quelque chose. Encore une fois, je ne cherche pas à me disculper, je propose une piste de réflexion. Ma nostalgie était un grain de sable. Sans doute nos ennemis en auraient-ils trouvé un autre s'ils n'avaient pas exploité celui-ci. Sans doute nos grains de sable ne nous apparaissent qu'après coup, trop minuscules pour être détectés avant qu'ils ne bloquent les rouages.

Mais nous en reparlerons quand nous serons réunis, ce qui ne tardera pas. Je m'en réjouis.

Amitiés fidèles et sincères,

S. Pointe trois de la Trimurti

Le Bhoutan ne reconnaît pas les permis internationaux et exige de ceux qui veulent louer une voiture dans le pays qu'ils passent le permis local. Comme nous n'en avions pas le temps, nous avons accepté le conseil de l'agence qui nous proposait une location avec chauffeur. Plus cher, évidemment, mais à la fois plus sûr et plus rapide, le chauffeur connaissant parfaitement les routes bhoutanaises, dangereuses pour les automobilistes non habitués. La préposée de l'agence nous a demandé, en anglais, où nous comptions nous rendre, j'ai répondu, sur les indications de Kort, que nous souhaitions visiter l'est du pays.

« Jusqu'où ? Jakar ? Mongar ?

— Nous ne savons pas au juste.

— Si vous poussez jusqu'à Trashigang, vous risquez de rencontrer de la neige ou des éboulements sur la route.

— Nous aviserons… »

J'avais dormi quatre heures, une nuit correcte en comparaison de celles que j'avais connues chez mon père, mais la fatigue m'engourdissait encore, ralentissait ma pensée, rendait mon élocution difficile. Allongé à mes côtés, Kort m'avait enlacée avec une étrange pudeur. J'avais ressenti du désir pour lui, mais il n'était pas allé plus loin, comme si un interdit l'en empêchait. Je n'en avais éprouvé aucune frustration. Dormir avec les hommes qui avaient traversé ma vie m'avait jusqu'alors procuré davantage de désagrément que de plaisir. J'avais eu l'impression qu'ils violaient mon espace et me volaient mon sommeil (et ce, bien avant la maladie). Autant j'avais détesté entendre leur respiration plus ou moins bruyante, esquiver leurs mouvements intempestifs, toucher leur peau collante de transpiration, autant j'avais aimé la chaleur de Kort, son souffle sur ma nuque, la douceur de sa peau.

Je me suis demandé si mon père et Matthieu s'étaient réveillés de leur étrange sommeil. Mon petit frère, le seul être sur cette terre qui me témoignât un amour inconditionnel, me manquait.

La préposée de l'agence a préparé le dossier en expliquant que les sept mille dollars versés à l'entrée du pays nous dispensaient d'avancer l'argent, que notre facture serait directement défalquée de notre caution. On nous a ensuite présenté notre chauffeur, un jeune homme au visage rond et avenant dont le véhicule, une voiture de marque indienne flambant neuve, semblait assez confortable.

Nous sommes partis une heure plus tard, le temps de régler la note d'hôtel, de m'acheter des vêtements chauds et un stock de culottes (choix très limité dans une boutique pourtant touristique – la vendeuse m'a regardée avec une insistance proche de l'adoration, comme si j'étais la cliente du siècle) puis de rassembler nos maigres affaires. Il me semblait déceler des vibrations semblables à celle émise par Kort sur le causse Méjean, mais désagréables, presque blessantes, qui résonnaient en moi comme des sirènes d'alarme. L'air préoccupé de Kort montrait qu'il les percevait aussi, et certainement de façon plus intense que moi. Le chauffeur, Puran, nous a expliqué, dans un anglais aussi approximatif que le mien, que nous en avions pour deux jours si nous voulions aller jusqu'à Trashigang, la dernière ville à l'est du pays avant la frontière indienne. Il prévoyait une halte aux environs de Trongsa, une cité perchée à plus de trois mille cinq cents mètres d'altitude où il connaissait de bons hôtels. Mais, selon l'état de la route, le voyage pouvait nous prendre jusqu'à cinq jours : la météo prévoyait des chutes de neige à partir de Wangdue et mettait en garde contre les risques d'éboulement.

La route se rétrécissait brusquement quelques kilomètres après Timphu et s'enfonçait dans des nuages de plus en plus épais. Puran ne montrait jamais le moindre signe de nervosité ou d'impatience, même lorsque les camions aux carrosseries ornées de dessins bariolés tentaient de le doubler dans les lacets serrés qui n'offraient aucune visibilité. De temps à autre, il nous observait par le rétroviseur, et je discernais des lueurs d'amusement dans les minces fentes de ses yeux.

« Ces vibrations déplaisantes, elles viennent de vos ennemis ? » ai-je demandé.

Kort a posé sur moi un regard à la fois étonné et pénétrant.

« Vous ne devriez pas les percevoir, a-t-il fini par répondre.

— Ça a peut-être un lien avec ma maladie…

— Elle aurait modifié votre séquence génétique ? » Il est resté un instant silencieux avant de reprendre : « Votre frère a lui aussi perçu mon écho ; il n'est pas atteint de la même maladie que vous.

— Peut-être que les handicapés mentaux ont d'autres formes de perception dont nous ignorons tout. »

J'ai repensé à Matthieu, à nos jeux d'enfants, à mes agacements ou à son air de chien battu lorsqu'il ne comprenait pas ce que je lui disais ou l'inverse. Je prenais conscience, dans cette voiture qui roulait sur le toit de la planète, que mon frère et moi n'avions pas la même façon d'appréhender le monde, que la maladie, en modifiant ma fréquence, m'avait rapprochée de lui. Les handicapés mentaux lançaient un défi aux êtres dits normaux en les obligeant à élargir leur spectre de perceptions, en les invitant à s'aventurer hors des limites confortables des certitudes, de la raison.

À sortir du connu.

« Il y a des handicapés mentaux à votre époque ?

— Les corrections génétiques nous ont permis d'optimiser le potentiel de chacun.

— Plus de maladies non plus ?

— Nous les avons pratiquement toutes éradiquées.

— Pratiquement ? »

Il a hésité.

« Une nouvelle est apparue : la génose. Une désorganisation subite des gènes. Elle commence par déformer ceux qui en sont atteints, puis elle entraîne la mort au bout de quelques années. Les cas se multiplient à une vitesse préoccupante.

— On dirait bien qu'à chaque époque correspond sa maladie… »

Nous roulions à présent au milieu de nuages épais. Les arbres bordant la route évoquaient des fantômes figés. Des ombres s'agitaient sur les bas-côtés, obligeant Puran à ralentir, des vaches errantes sans doute. Les vibrations continuaient de résonner en moi, toujours aussi désagréables.

« Vous avez quel âge, Kort ?

— Bientôt cent ans... »

J'ai de nouveau scruté son visage et n'y ai décelé aucune trace, même infime, du temps, seulement un contraste saisissant entre son apparence d'un homme d'une trentaine d'années et la profondeur de son regard.

« Notre espérance de vie moyenne est de deux cent cinquante ans, a-t-il ajouté. Certains atteignent les trois cents. Nous ne sommes plus très loin de l'immortalité.

— Combien y a-t-il d'humains à votre époque ?

— Un peu moins d'un milliard.

— Nous sommes plus de sept milliards aujourd'hui, et on prévoit plus du double pour 2050...

— Les guerres successives, l'utilisation de l'arme atomique, la pollution grandissante, la disparition de plusieurs terres, dont le Japon et une grande partie de l'Amérique du Nord, la multiplication des virus liés au réchauffement climatique ont entraîné la disparition de plus de vingt milliards d'êtres humains en moins d'un siècle... »

Nous avons franchi un premier col, le Pelela, perché à près de dix mille pieds – trois mille trois cent quatre-vingt-dix mètres, a précisé le chauffeur avec une fierté presque enfantine – et noyé dans un brouillard si épais que nous roulions à moins de vingt kilomètres à l'heure. Des flocons de neige fusaient de chaque côté de la voiture et recouvraient peu à peu le bitume d'un voile blanchâtre. Les camions, monstres hurlants qui surgissaient à pleine vitesse de l'étoupe grise, contraignaient Puran à redoubler de prudence.

La neige n'a cessé de tomber jusqu'à Trongsa, rendant la route de plus en plus glissante. Les descentes, vertigineuses, m'ont crispée de la tête aux pieds. J'ai dû à plusieurs reprises trouver des petits coins tranquilles et supporter le vent glacial des hauteurs pour expulser à peine quelques gouttes d'urine. La maladie, rapace posé sur mes épaules, resserrait son emprise ; j'étais de nouveau envahie par le découragement, je me demandais ce que je fichais au milieu des nuages et des monastères aux formes élégantes en compagnie d'un homme soi-disant venu du futur pour traquer des criminels réfugiés dans notre temps. Pas la moindre envie de me forcer à rire. Avais-je glissé sans m'en rendre compte dans un monde irréel ?

Un garçon de sept ou huit ans à la bouille malicieuse et muni d'un bâton s'est planté devant moi alors que je tentais de m'essuyer à l'aide d'un mouchoir en papier. Il m'a regardée sans dire un mot, sans manifester ni émoi ni curiosité malsaine pendant que je me rhabillais avec une hâte maladroite et une dignité en berne. Je lui ai souri avant de regagner la voiture. Il m'a répondu d'un petit signe de tête

114

avec une gravité insolite pour un enfant de son âge. J'ai eu l'impression, en me réinstallant aux côtés de Kort sur la banquette arrière, d'avoir croisé un fantôme charmant.

Une autre hallucination, sans doute.

Trongsa, une ville d'environ trente mille habitants, est dominée par l'un des dzong les plus imposants du Bhoutan. Puran nous a proposé de visiter la fortification militaire avant la tombée de la nuit. J'ai décliné l'offre et lui ai demandé de nous conduire directement à l'hôtel. Je n'aspirais qu'à prendre une douche chaude et à m'allonger sur un lit confortable. La déception a plissé le visage rond de Puran. Je lui ai expliqué que nous n'étions pas venus au Bhoutan pour faire du tourisme, mais que nous avions rendez-vous plus loin à l'est avec des compatriotes.

« Rendez-vous d'affaires ? » a-t-il relevé.

J'ai consulté Kort du regard avant de répondre : une sorte d'assemblée générale, enfin, un truc approchant, pas très sûre de mon anglais. Insistant, le chauffeur nous a demandé si nous travaillions pour une grande compagnie, j'ai acquiescé d'un vague mouvement de tête. Il nous a déposés au *Norling Hotel*, situé en plein centre-ville, qui offrait une vue magnifique sur le dzong en partie escamoté par les nuages. Par bonheur, la chambre disposait d'un radiateur électrique en état de marche qui diffusait une chaleur sèche bienvenue en regard des températures extérieures. Je me suis écroulée sur le lit après un rapide passage aux toilettes. Comme souvent, Kort s'est posté près de la fenêtre et a longuement observé les environs. Je ressentais un malaise diffus depuis que nous étions entrés dans Trongsa.

« Il y a des humods dans la ville, a déclaré Kort. Très proches d'ici. Peut-être même dans cet hôtel. »

Mon trouble n'était pas dû à la seule maladie, mais à la vibration déchirante qui ne cessait de s'amplifier.

« Ils vont tenter de m'éliminer cette nuit. Il est préférable que je prenne les devants. »

Un vent de peur m'a glacée malgré la proximité du radiateur.

« Vous voulez dire que... »

Il s'est assis sur le bord du lit et a posé sa main sur ma joue. J'ai appuyé ma tête sur sa paume.

« Je vais être obligé de vous laisser seule un moment. Ne bougez pas de la chambre. Fermez la porte à clé et n'ouvrez que si vous m'entendez prononcer le mot : vacovia. Vous vous souviendrez ? Vacovia.

— Pourquoi un mot de passe ? J'aurais reconnu votre voix... »

Il a retiré sa main et s'est relevé.

« Certains humods maîtrisent l'imitation vocale à la perfection. Répétez le mot.

— Vacovia... Ça veut dire quelque chose ?

— Je viens de l'inventer. Refermez à clé quand je serai sorti, tirez les volets et ne bougez pas jusqu'à ce que je revienne.

116

— Et si vous ne revenez pas ? »

Il s'est retourné, la main sur la poignée de la porte, et a esquissé un sourire mélancolique. J'ai fermé la porte à clé avant de me dévêtir et de me rendre dans la salle de bains. L'eau brûlante de la douche m'a fait un bien fou. Puis j'ai enfilé un tee-shirt, une culotte, et me suis glissée dans les draps. Le sommeil m'a surprise avec une soudaineté que je ne lui connaissais plus.

Des bruits m'ont réveillée. J'ai cru émerger d'un puits sans fond. Un coup d'œil machinal sur le radio-réveil m'a appris qu'il était 2 h 43. Presque sept heures de sommeil ! J'ai été projetée une dizaine d'années en arrière, à l'époque bénie des nuits reposantes. Je n'ai pas eu le temps de m'en réjouir. Les vibrations que j'avais perçues la veille m'emplissaient avec une puissance oppressante, suffocante. Des grattements discrets mais persistants révélaient la présence d'un ou plusieurs hommes de l'autre côté de la porte. S'il s'était agi de Kort, il aurait déjà prononcé le mot de passe. Mes pensées se sont entrechoquées, je suis restée tétanisée sur le lit. Un claquement a retenti et la porte s'est entrebâillée avec une douceur étonnante.

Deux silhouettes se sont introduites dans la chambre avec une discrétion d'ombres. L'une d'elles a pressé l'interrupteur. La lumière crue a révélé deux hommes à la carrure imposante vêtus de costumes clairs. Leurs visages lisses avaient quelque chose d'inhumain. J'ai voulu hurler, mais aucun son n'est sorti de ma gorge. Mon seul réflexe a été de rabattre le drap sur mes jambes en partie découvertes.

Ils se sont approchés du lit d'une allure féline. L'un d'eux a prononcé quelques mots dans une langue inconnue. Le deuxième s'est avancé vers moi, un sourire menaçant aux lèvres.

7

Vous n'avez pas changé, chers amis.

Vous non plus.

Cela fait pourtant près d'un siècle que nous avons franchi la tempte.

J'estime notre espérance de vie à trois siècles et demi, ce qui nous laisse encore, au minimum, cent cinquante années devant nous.

Votre choix est en tout cas excellent : l'hôtel est confortable, l'endroit isolé, la vue somptueuse, la cuisine délicieuse…

Nous avons des foules de choses à nous dire.

Plus tard, si vous le voulez bien : l'urgence nous commande d'unir nos échos et de nous préparer à l'offensive des humods.

Avons-nous encore les moyens de lutter ? Si les humods ont réussi à surmonter leurs handicaps génétiques pour accéder à l'écho, ils ont probablement connu une évolution qui les rend encore plus redoutables.

Nous ne le saurons que lorsque nous les rencontrerons.

S'ils nous trouvent…

Ils nous trouveront, aucun doute à ce sujet : ils ont réussi à franchir la tempte, ce que nous croyions impossible, leurs échos se rapprochent. La seule inconnue demeure le temps qu'ils mettront à nous localiser.

Quoi qu'il en soit, nous n'avons plus un instant à perdre.

Je propose que nous commencions demain matin à la première heure : nous serons plus efficaces après une bonne nuit de repos.

Et s'ils attaquaient cette nuit…

Je ne crois pas : leurs échos semblent indiquer qu'ils sont encore à plusieurs dizaines de kilomètres. Étant donné l'état des routes, les éventuelles chutes de neige, ils ne seront pas là avant un à deux jours.

Ce ne sont que des estimations. Comme vous le disiez, nous ne savons rien de leur évolution, de leur résistance, de leurs capacités physiques. Leurs nouvelles séquences génétiques leur permettent peut-être de parcourir plusieurs centaines de kilomètres en quelques heures quelles que soient les conditions climatiques.

Il nous faut prendre le risque. En admettant qu'ils soient aussi puissants que vous le supposiez, nous n'aurons pas l'ombre d'une chance si nous ne sommes pas en pleine possession de nos moyens.

J'avoue que j'ai hâte de ressentir l'énergie physique et mentale procurée par l'échosion : elle m'a manqué tout au long de ce siècle.

Pardonnez-moi cette question : avez-vous peur de la mort ?

Pour ma part, et même si elle m'apporte son lot de difficultés et de chagrins, je n'ai pas envie de quitter cette vie, pas maintenant, je ne suis pas prêt à mourir.

Serons-nous un jour prêts ?

Je présume que non.

Alors, il ne nous reste plus qu'à vendre chèrement nos vies. Comme nous l'avons fait autrefois...

L'homme a pointé le bras dans ma direction. Dans sa main brillait un objet que je n'avais jamais vu, mais que j'ai immédiatement associé aux corps inertes de mon père et de Matthieu dans la maison du causse Méjean. Mes pensées se sont affolées, les images se sont succédé à une vitesse effarante, incohérentes, un tourbillon d'où émergeaient une Jeanne de trois ans, une autre de vingt-cinq ans, une de douze ans, une de trente-deux ans, la vie, les éclats de ma vie se dispersaient dans un vide effrayant, j'ai fixé, fascinée, pétrifiée, l'objet dans la main du tueur, puis une ombre a surgi derrière lui, l'homme s'est affaissé, le visage de Kort m'est apparu comme dans un rêve, je me suis effondrée sur le lit, marionnette aux fils coupés, envahie d'une frayeur incommensurable.

« Jeanne, ça va ? »

Mes larmes se sont mises à couler, brûlantes. J'ai su à cet instant que l'homme qui avait profané mon enfance, qui s'était nourri de moi, le spectre hideux de mes jours et de mes nuits, venait enfin de me quitter.

« Ça va… comme une fille braquée par un tueur du futur… »

J'avais essayé d'injecter de la fermeté dans ma voix, mais elle continuait de trembler. Kort s'est assis sur le bord du lit et m'a prise dans ses bras.

« Je suis désolé. »

J'ai choisi d'ignorer la provenance du liquide chaud dans lequel baignaient mes fesses et mes jambes.

« J'ai bien cru qu'il allait me…

— Bloquer ?

— Je pensais plutôt à dégommer. Flinguer. Massacrer. »

Il a souri.

« Je vous rassure : vous êtes bien vivante.

— Heureusement que vous étiez là… »

Il m'a serrée un peu plus fort. Blottie dans sa chaleur, je me suis sentie revivre.

« Si je n'avais pas échoué près de chez vous, a-t-il murmuré, vous seriez tranquillement chez vous près de votre père et de votre frère.

— Pour y faire quoi ? Me délabrer en attendant la mort ? Vous m'avez redonné le goût de la vie, Kort. Et puis vous n'avez sans doute pas échoué près de chez moi par hasard. »

Il a fait ce que j'espérais depuis un bon moment : il m'a embrassée avec une délicatesse, une douceur ensorcelantes. L'espace d'un instant aux allures d'éternité, je n'ai existé que par la danse de nos lèvres, par la chaleur qui se répandait dans mon corps et en chassait toutes les peurs, tous les doutes, toutes les douleurs.

Des coups répétés sur la porte ont brisé l'enchantement. Kort s'est relevé précipitamment, s'est penché sur le corps inerte de l'humod, s'est emparé de son arme, puis il s'est relevé et figé en posture de combat, les jambes légèrement écartées, le bras tendu en direction de la porte.

« Everything fine? » a crié une voix féminine.

Son accent bhoutanais prononcé indiquait qu'elle appartenait au personnel de l'hôtel.

« Everything's OK, a répondu Kort. Why?

— We heard noises…

— We're fine, thank you.

— OK. Sorry for the disturbance. Have good night. »

J'ai attendu que le silence retombe pour me relever à mon tour, le tee-shirt et la culotte collés à ma peau. J'ai entrevu la tache sombre sur le drap, mais je n'en ai éprouvé ni honte ni inquiétude. Ma miction n'était pas due cette fois au relâchement de mes sphincters, mais à la peur, à la seule peur, un vrai et noble motif de s'arroser, et, allez savoir pourquoi, ça m'a rassurée, le battement de mon cœur s'est apaisé.

J'ai observé les corps des humods.

« Ils sont morts ? »

Kort a glissé l'arme dans la poche de sa veste avant de hocher la tête.

« Je n'avais pas d'autre choix.

— Nous ne pouvons pas les laisser ici, en tout cas… Sans quoi, demain, nous aurons toute la police du Bhoutan aux fesses. »

J'ai fouillé dans les placards en quête de draps de rechange, et, découverte qui m'a étonnée, j'en ai trouvé.

« Je m'occupe des corps. »

Joignant le geste à la parole, Kort a soulevé un premier cadavre.

« Refermez derrière moi et n'ouvrez à personne à part moi.

— Pourquoi ? Il y en a d'autres ? »

J'ai perçu différents échos avant sa réponse, lointains, glaçants.

« Vous vous souvenez du mot de passe ? »

J'ai acquiescé d'un hochement de tête.

Il n'a fallu qu'une demi-heure à Kort pour nous débarrasser des cadavres, le temps pour moi de refaire le lit et de prendre une douche. Pour la première fois depuis plus d'un an, la maladie n'existait plus. Une petite voix m'a rappelé que je pouvais connaître des périodes d'embellie, des lunes de miel plus ou moins longues, signe que l'IFF gagnait sournoisement du terrain, je l'avais lu sur internet, et le neurologue me l'avait confirmé avec cet éternel sourire en toc vissé à son visage, mais j'ai choisi de l'ignorer, heureuse de sentir la vie se déverser en moi.

Kort a refermé la porte et est resté un moment à l'écoute du silence nocturne avant de se dévêtir et de me rejoindre dans le lit. Il m'a fait l'amour avec une douceur et une patience que je n'avais jamais connues avec aucun de ceux qui avaient égratigné mon existence, comme s'il était à l'intérieur de moi et qu'il devinait, qu'il devançait chacune de mes réactions. Malgré son physique imposant, jamais je n'ai eu la sensation d'être écrasée, dominée, chevauchée, jamais je n'ai eu la sensation qu'il se servait de moi pour arriver à sa propre jouissance. Mon plaisir ne se manifestait pas sous la forme de la tension nerveuse habituelle, cette sorte de rage orgasmique qui n'aboutissait le plus souvent qu'à raviver mes frustrations, il se déployait en vagues incessantes, apaisantes, conquérant peu à peu chaque parcelle de mon corps, me procurant une merveilleuse détente. Le sexe de Kort et le mien se découvraient, s'apprivoisaient, se reconnaissaient, s'interpellaient, s'enlaçaient, l'univers tout entier n'existait plus que par leur rencontre, leur connivence.

J'ai adoré la caresse de son souffle sur mon épaule, les effleurements de ses mains sur ma peau, sur mes seins, sur mes fesses, j'ai adoré promener mes doigts sur son dos, sur ses cuisses, sur ses hanches. L'orgasme nous a pris par surprise, quand nos corps, et non nos esprits, l'ont décidé, une vague immense m'a recouverte et projetée sur une grève inconnue et baignée d'une lumière radieuse. Nous nous sommes endormis sans un mot, blottis l'un contre l'autre, par peur de froisser le silence. Avant de plonger dans le gouffre désirable du sommeil, j'ai remercié le ciel de m'avoir permis de connaître une telle expérience. Cette nuit, dans cet hôtel perdu du Bhoutan, une femme s'était éveillée en moi.

La neige atteignait maintenant cinquante centimètres de hauteur et, bien qu'empruntant les traces laissées par les camions, la voiture peinait de plus en plus à se frayer un passage au milieu du manteau banc qui estompait les formes. Nous avions mis plus de trois heures à relier Jakar, pourtant distante de Trongsa de quelques dizaines de kilomètres. Des monastères épars accrochaient des taches de couleurs vives sur les pentes immaculées. Quelques piétons chaussés de bottes traditionnelles et de raquettes glissaient comme des surfeurs sur la blancheur figée.

« Je ne comprends pas, a murmuré Kort.

— Quoi ?

— Ce que font ces humods ici, pourquoi ils cherchent à m'éliminer.

— Où sont les autres ? »

Les yeux écarquillés et les sourcils froncés de Puran dans le rétroviseur exprimaient la concentration de celui qui tente d'attraper au vol quelques miettes d'une conversation dont il ne comprend pas un mot.

« Un peu en avance sur nous en direction de Trashigang.

— Qu'est-ce que vous ne comprenez pas ?

— Ce sont des agents gouvernementaux, comme moi. Nous devrions normalement être dans le même camp. Ils n'étaient pas supposés franchir la tempte.

— Peut-être sont-ils des infiltrés, des hommes des criminels que vous recherchez ? »

J'ai pensé, en prononçant ces mots, que j'avais sans doute lu ou regardé un peu trop de thrillers. Mon corps fredonnait toujours de mes extases nocturnes. J'avais dormi comme une souche, oui, comme une souche, sept heures d'affilée. Kort, réveillé depuis un bon moment, n'avait pas eu le cœur de me tirer du sommeil malgré l'urgence qui lui commandait de gagner au plus vite Trashigang. Le chauffage de la voiture chassait les risées de froidure qui parcouraient ma peau..

« Je ne crois pas : ceux que je recherche sont passés dans ce temps il y a un siècle. Ils ont coupé tous les ponts avec leur présent.

— De quoi sont-ils accusés, ces criminels ? »

Kort n'a pas hésité très longtemps avant de répondre : « Haute trahison, recel et détournement d'informations scientifiques de la plus haute importance, meurtres…

— Comment se sont-ils échappés ?

— Ils se sont évadés avant leur procès. Comme ils ont été les premiers à ouvrir une tempte, ils se sont réfugiés dans le passé et ont refermé le passage. Ils pensaient que plus personne ne pourrait percer le secret des temptes, mais nous avons réussi, et le temps est venu d'appliquer la sentence.

— Quelle sentence ?

— La mort. »

Il m'a fallu un bon moment pour accepter l'idée que Kort, l'homme dont la douceur et la sensualité continuaient de m'enchanter, était en réalité un exécuteur.

Un bourreau.

« Pourquoi ne les laissez-vous pas en paix ? Après tout, c'est comme s'ils étaient en exil…

— Ils peuvent à tout moment revenir à notre époque et provoquer un chaos dont nous ne nous relèverions pas.

— Ils sont si puissants que ça ?

— Leurs connaissances les rendent très dangereux. »

J'ai saisi la main de Kort et embrassé l'intérieur de sa paume. Puran a détourné le regard. Nous suivions un camion dont les couleurs hurlantes en faisaient un repère immanquable dans l'uniformité blanche. Le moment m'a semblé idéal pour passer au tutoiement. Après tout, il me connaissait du bout des doigts et j'étais irriguée de sa semence. Je me suis souvenue que j'avais arrêté toute forme de contraception depuis ma rupture avec Benjamin. Et si, malgré la dégradation de mon corps, j'étais encore capable de porter un enfant ? La perspective m'a effarée. Et grisée.

« Je n'aime pas l'idée que tu sois venu pour tuer.

— Je n'ai pas le choix. Les humods sont aussi venus pour ça, je suppose qu'eux non plus n'ont pas le choix... »

De violentes chutes de neige nous ont contraints de nous arrêter une cinquantaine de kilomètres après Jakar. Puran s'est garé derrière le camion près d'une petite auberge dans laquelle nous nous sommes engouffrés. Kort a observé avec attention les hommes échoués dans la pièce principale meublée de tables rustiques et réchauffée par des flammes crépitantes dans une cheminée en briques, des camionneurs pour la plupart. L'hôtesse ronde et souriante nous a servi, sans nous demander notre avis, un plat de riz, de légumes et de piments si piquants que j'en ai eu les larmes aux yeux. Mon nouvel appétit de vivre m'a poussée à finir mon assiette malgré le feu qui me dévorait le palais et la gorge. J'ai chassé d'une expiration rageuse la pensée que j'étais en train de m'illusionner, que la maladie, en stratège avisé, feignait le repli pour mieux me surprendre.

Kort a demandé à Puran combien de temps durerait la tempête. Le haussement d'épaules du chauffeur traduisait toute la fatalité du monde. Il a continué à manger riz, légumes et piments en se servant de sa main droite. L'adresse avec laquelle lui et les autres Bhoutanais formaient de petites boulettes avec leurs doigts, négligeant les cuillères plantées dans des verres au milieu des tables, me fascinait. Le causse Méjean me paraissait loin, comme si la neige qui tombait sans discontinuer ensevelissait mes souvenirs, je peinais même à me remémorer les visages de mon père et de mon frère.

Nous avons patienté en buvant du thé très sucré. L'hôtesse assise près de la cheminée ne cessait de me fixer, me souriant lorsque nos regards se croisaient. J'ai cru déceler de l'admiration dans les minces fentes de ses yeux. Je m'en suis aussitôt défendue : je ne voyais pas ce qu'il y avait d'admirable en moi, puis je me suis dit qu'après tout j'étais jolie, on me l'avait déjà dit, et puis peut-être que les baisers de Kort, prince charmant tombé du futur, m'avaient métamorphosée, embellie. J'ai retourné ses sourires à cette femme perchée sur le toit du monde, et notre complicité clandestine, furtive, s'est révélée nettement plus forte, nettement plus intense qu'un lien amical tissé de longue date.

Nous sommes repartis au milieu de l'après-midi. La fatigue m'a plombée sans crier gare, j'ai perdu l'équilibre et je me serais effondrée si Kort ne m'avait pas rattrapée et portée dans la voiture.

Puran s'est de nouveau calé dans le sillage d'un camion et lancé dans une descente infernale. Les nuages qui escamotaient les crêtes nous donnaient l'impression d'être suspendus dans un vide gris et blanc. Bercée par le ronronnement du moteur, je me suis endormie.

Lorsque je me suis réveillée, la nuit était tombée et la route partiellement enneigée s'enfonçait entre deux murailles rocheuses. Kort, assis à mes côtés sur la banquette arrière, a rouvert les yeux quelques secondes après moi.

« Tu dormais aussi ?

— Je me concentrais sur les échos.

— J'ai dormi longtemps ?

— Quatre heures. »

Un rire nerveux m'a échappé.

« Pas mal pour quelqu'un qui est censé avoir perdu le sommeil ! »

Une envie de pipi me taraudait, mais je n'ai pas osé demander à Puran, qui tentait de rattraper le temps perdu sur les hauteurs, de s'arrêter. Il ne me restait plus qu'à serrer tout ce qu'il m'était possible de serrer, y compris les dents et les poings.

« Nous sommes tout près de Mongar, a précisé Kort. Nous nous y reposerons avant de gagner Trashigang.

— Tu es sûr d'y trouver tes criminels ?

— Aucun doute. Mais ils ne sont pas seuls : quatre humods nous y ont précédés.

— Tu auras donc sept adversaires à affronter. Ce n'est pas trop pour un seul homme ? »

Kort m'a posé la main sur l'avant-bras, ce simple contact a ravivé les sensations encore fraîches de la nuit précédente.

« Je ne comprends vraiment plus rien, a-t-il ajouté. J'ai perçu dans leurs échos qu'ils se battaient les uns contre les autres... »

8

Nous n'avons pas perdu la forme, n'est-ce pas ? C'est comme si nous n'avions jamais été séparés.

La première échosion a suffi à les repousser, mais ils vont revenir. Et nous ne pourrons pas tenir indéfiniment.

Peut-être devrions-nous trouver le moyen de nous enfuir ? Au milieu de la nuit, par exemple…

Inutile : ils nous rattraperaient, tôt ou tard. Nous n'avons pas d'autre choix que de les affronter.

Nous finirons par céder, vous le savez bien. Ils sont plus performants, plus endurants que nous. Et ils sont venus pour nous tuer.

Croyez-vous qu'ils pourraient se contenter de nous bloquer et de nous ramener dans notre ancien présent ?

Ils ne vont sûrement pas s'embarrasser de nous : ils ne sont pas armés de simples neutraliseurs.

Vous avez eu le temps de discerner leurs armes ?

J'ai ouvert les yeux lorsque le premier humod est entré dans la pièce et a braqué son pistolet sur nous.

Il n'a pas tiré ?

Si, mais comme l'échosion créait un champ de forces infranchissable, il a fini par se retirer.

Vous avez pris un risque, cher ami : perdre sa concentration pendant l'échosion risque de provoquer des failles.

Une manie chez moi, décidément ! J'ai pris trop de risques dans cette vie, j'ai fait courir sur vous le danger… Avoir voulu renouer avec mes racines était une grave erreur.

N'en parlons plus : nous avons tous nos faiblesses.

Quelles sont les vôtres ?

Les femmes. Les femmes de ce temps ont un charme dont nos contemporaines sont dépourvues. La recherche forcenée de la perfection a quelque chose de glaçant, de repoussant. De stérile.

Nous l'avons nous-mêmes recherchée, non ?

Un temps. Ensuite, nous nous sommes enfuis…

Il serait plus exact de dire qu'on nous a poussés à fuir.

Je dirais plutôt que nous sommes partis parce que nous savions, au fond de nous, que notre monde ne nous convenait pas, qu'il était voué à l'échec.

Vous trouvez vraiment que cette époque est préférable ? On n'y voit que souffrance, guerres, destruction, fanatisme, injustice, colère…

Pour ma part, oui : cette époque est chaotique, mais il y est encore permis de rêver. La nôtre a fini par nous emmurer dans nos certitudes, dans le contrôle. J'ai pris conscience que j'aimais les imperfections engendrées par le chaos. J'aime les femmes de ce temps parce qu'elles sont imprévisibles, chaotiques, et même dangereuses. Répondez-moi sincèrement : vous plairait-il de reprendre votre ancienne vie ?

Je dois admettre que non.

Moi non plus.

Vos réponses montrent à l'évidence que notre époque d'origine fait fausse route. En réduisant les hommes à leurs séquences génétiques, elle les transforme en objets et éteint tout désir en eux. J'ai retrouvé l'appétit de vivre dans ce temps. Autrement dit, la véritable humanité.

Les échos des humods se rapprochent. Nous allons essuyer une nouvelle offensive.

> Eh bien, commençons l'échosion. Cette fois, pas de saute de concentration : elle nous serait fatale.
>
> Croyez bien que je resterai concentré.
>
> Nous n'avons aucun doute à ce sujet, mon cher Shiva…

Avec moins de trois mille habitants, Trashigang évoque plutôt une bourgade qu'une capitale de district – dzongkhag, a précisé Puran. Nous sommes arrivés en milieu d'après-midi, retardés par un éboulement qui avait projeté un camion contre une paroi rocheuse. Des corps avaient été extraits de l'amas de tôle froissée et étalés sur la neige, deux camionneurs morts avant d'avoir atteint leurs vingt ans.

Environné de montagnes, comme il se doit, Trashigang se résume à une longue artère bordée d'habitations traditionnelles dont j'admirais toujours autant l'élégance. Les congères aux coins des façades et sur la place centrale constituaient les derniers vestiges de la tempête de neige. Un vent sec, glacial, avait chassé les nuages pour révéler un ciel pâle déjà déserté par le soleil couchant.

Puran nous a demandé si notre compagnie nous avait réservé un hôtel. Kort a répondu qu'il ne s'était pas encore informé sur le lieu exact du rendez-vous et qu'en attendant nous irions nous restaurer. Le chauffeur connaissait justement un excellent restaurant dans le centre de la petite cité. Il nous a ensuite suggéré de visiter le dzong après le repas, l'un des plus beaux du Bhoutan, rénové en 2007.

Nous avions passé la nuit près de Mongar. J'avais espéré que Kort me rejoindrait dans le lit après avoir procédé à l'inspection minutieuse de l'hôtel, mais il était resté assis dans un fauteuil jusqu'à l'aube. J'avais mis un peu de temps à m'endormir, tiraillée entre désir et fatigue, puis je m'étais peu à peu enfoncée dans un état où les pensées se confondaient avec les rêves et j'avais dormi d'une traite jusqu'à l'aube, un peu déçue de me réveiller seule.

« Pourquoi tu ne t'es pas couché ?

— Je me concentrais sur les échos. Tu ne les perçois plus ? »

J'avais tenté de rétablir le silence en moi et j'avais fini par les discerner, lointains, assourdis, comme des chuchotements.

« Pas aussi bien qu'avant…

— On s'en rapproche pourtant.

— Je dors peut-être trop ! »

Nous avions ri de concert. Kort s'était levé pour venir m'embrasser.

Puran nous a déposés au restaurant. Il n'a pas souhaité manger avec nous, préférant rendre visite à un cousin qu'il n'avait pas vu depuis un bon moment. Il nous récupérerait à la fin du repas. Il nous a donné son numéro, précisant que, comme mon portable ne fonctionnait pas, nous pourrions l'appeler au besoin depuis un téléphone fixe.

Préoccupé, Kort n'a pratiquement rien mangé du plat pourtant délicieux servi par une jeune femme en habit traditionnel. Je me sentais étrangement bien, de retour dans mon corps après une longue période d'exil. La maladie m'offrait-elle un dernier répit avant de reprendre son travail de sape ? Je me suis gardée du fol espoir qui naissait en moi, qui m'entraînait peut-être sur le chemin de la désillusion ; la déception serait trop cruelle quand les crocs de l'IFF se refermeraient de nouveau sur ma chair. Mais je ne pouvais m'empêcher d'envisager une issue favorable, perspective que je m'étais formellement interdite jusqu'alors. Les mots insomnie fatale, maladie incurable, orpheline, ont résonné en moi comme autant de sirènes d'alarme. J'ai modéré mon enthousiasme, pas mon appétit. Après avoir fini mon assiette, j'ai picoré dans celle de Kort.

« Ils sont à quelques kilomètres de là...

— Tu sais où exactement ?

— Vers le sud. Les échos me guideront. Il vaut mieux pour toi rester à l'hôtel jusqu'à mon retour. »

Ma cuillère s'est suspendue entre la table et ma bouche.

« Je ne suis plus une enfant, Kort. »

Il a bu une gorgée de thé.

« Loin de moi cette idée ! C'est seulement que l'affrontement avec la Trimurti ne te concerne pas, et que ces hommes sont dangereux. Je ne tiens pas à ce qu'il t'arrive quelque chose. »

J'ai écarté les bras avec une telle soudaineté que le contenu de ma cuillère s'est renversé sur la table.

« Que peut-il m'arriver ? La mort ? Elle m'a déjà rattrapée. Ou alors tu penses que je serai un boulet pour toi... »

Il a réfléchi quelques instants, l'air grave.

« Non seulement tu n'es pas un boulet, mais tu as un rôle à jouer dans cette histoire. Ne me demande pas lequel. Appelons ça une intuition.

— Alors tu n'as pas d'autre choix que de m'emmener avec toi. »

Il a acquiescé d'un sourire.

« Depuis que je te connais, mes certitudes ont tendance à vaciller. »

J'ai de nouveau plongé ma cuillère dans son assiette avant de souffler : « Je n'ai pas appris grand-chose dans cette vie, sauf qu'il n'y a aucune certitude. »

Qu'une telle phrase sorte de ma bouche m'a étonnée. Puis j'ai fait un rapide bilan de ma courte existence, et j'ai pris conscience que rien ne s'était passé comme espéré, que tous mes rêves s'étaient fracassés sur les récifs de la réalité. Comment prévoir à dix ans que le grand amour ne sera jamais pour vous, que vous aurez un travail de merde, que la maladie vous prendra à l'âge de trente ans et ne vous laissera pas d'autre perspective qu'une mort prématurée et hideuse ? J'ai vidé un verre de thé épicé pour dénouer ma gorge serrée.

« D'accord, a concédé Kort, je t'emmène avec moi.

— Tu as dit un drôle de mot tout à l'heure... Tri...

— Trimurti.

— C'est quoi ?

— La trinité hindoue : Brahma, Vishnou, Shiva. Le créateur, le protecteur et le destructeur.

— Quel rapport avec ceux que tu cherches ?

— Ils se faisaient appeler comme ça. Un nom de code.

— Pourquoi cette référence à la tradition hindoue ? »

Kort a haussé les épaules et s'est hâté de prélever une cuillère de riz avant que je ne termine son assiette.

« Aucune idée.

— Qu'est-ce que tu vas dire à Puran ?

— De nous conduire en direction du sud de la ville jusqu'à ce que je les aie localisés.

— Et ensuite ? »

Il a levé sur moi un regard empreint de fatalité.

« Advienne que pourra. »

Je me suis revue petite fille dans ma chambre, terrifiée à l'idée qu'un monstre se cache sous mon lit. Mon père avait éteint la lumière – moins pour la planète que pour son portefeuille –, pas question de rallumer la lampe de chevet. Il ne me restait plus qu'à trembler dans l'obscurité jusqu'à ce que le sommeil finisse par m'emporter. La Trimurti dont parlait Kort me ramenait aux bêtes horribles et féroces de mon imaginaire d'enfant.

Puran s'est présenté comme prévu une heure plus tard. Kort lui a expliqué que le lieu de rendez-vous se situait quelques kilomètres plus loin au sud de la ville, il ne savait pas où exactement. Le front du Bhoutanais s'est plissé, signe chez lui d'intense réflexion, puis il a répondu qu'il n'existait qu'un seul hôtel dans cette direction : le *Lengkhar Lodge*, un très bel établissement selon lui, dans un endroit calme au milieu des rizières avec une vue magnifique sur les montagnes.

L'attaque de l'humod s'est produite au moment où nous sortions du restaurant.

« Un écho, a soufflé Kort. Tout proche. »

Une ombre menaçante a surgi de l'autre côté de la rue. Kort a esquivé d'un pas sur le côté le trait étincelant vomi par l'arme de l'assaillant. Le tir a frappé Puran à la poitrine. Il s'est affaissé sans un cri, comme foudroyé.

« Rentre dans le restaurant ! » a rugi Kort avant de courir vers l'humod en louvoyant.

Des rayons ont crépité sur le mur derrière moi en semant des grappes d'étincelles. Une chaleur intense m'a léché le visage. Mon esprit affolé a commandé à mon corps de se réfugier à l'intérieur du restaurant, mais je suis restée pétrifiée, déconnectée. Kort a fondu sur le tireur tout en esquivant les rayons étincelants. Des passants, comprenant qu'il valait mieux ne pas traîner dans le coin, se sont engouffrés dans les boutiques voisines. Une sirène hurlante a annoncé l'arrivée imminente d'une voiture de police. Kort a saisi le bras de l'humod pour lui faire lâcher son arme. Ils sont tous les deux tombés derrière un véhicule stationné sur le trottoir. Je n'ai pas entendu un cri, ni même un ahanement. Les flics bhoutanais ont déboulé d'une ruelle voisine, deux hommes en uniforme bleu clair qui, visiblement indécis, se sont dirigés vers le corps inerte de Puran. Une silhouette s'est relevée derrière le véhicule en stationnement. J'ai ressenti un énorme soulagement en reconnaissant Kort.

Les flics ont sorti leurs pistolets et les ont braqués sur lui.

« Don't move! »

Leur nervosité, étonnante dans un pays réputé pour son calme, était presque palpable. Du canon de son arme, l'un d'eux a fait signe à Kort d'approcher. Il s'est avancé devant eux d'une allure tranquille en gardant les mains à hauteur de ses épaules. Le deuxième policier s'est tourné vers moi et m'a ordonné de rejoindre mon complice au milieu de la rue. Malgré le tremblement persistant de mes jambes, j'ai franchi la courte distance qui me séparait de Kort.

« Qu'est-ce qu'on fait maintenant ? ai-je murmuré.

— On se débarrasse d'eux et on fonce au *Lengkhar Lodge*, a-t-il répondu à voix basse.

— What's happening here? a aboyé un flic.

— There is a man behind the car, a dit Kort. He shot us when we left the restaurant.

— Did you neutralize him?

— Yes sir.

— Don't move while I check. »

Le policier s'est rendu de l'autre côté du véhicule avec une prudence appuyée, presque caricaturale. Son mètre soixante et sa bouille encore juvénile n'impressionnaient guère, mais dans un royaume où les meurtres et les incivilités n'étaient pas légion, ils suffisaient sans doute à assurer le maintien de l'ordre.

« He's dead! s'est-il exclamé. Did you kill him?

— It was him or me, a répondu Kort.

— He is… very impressive. »

Le flic est revenu vers nous, s'est placé à côté de son collègue et a déclaré, les sourcils froncés :

« You both follow us gently at the police station. We have some questions for you…

— Tu peux conduire la voiture de Puran ? m'a demandé Kort.

— Je crois, mais pourquoi tu… »

Je n'ai eu le temps de finir ma phrase. Il est passé à l'action à une vitesse ahurissante, bondissant sur les deux hommes, les désarmant d'un coup puissant sur le poignet, puis les frappant au front de la paume de la main. Ils se sont affaissés comme des poupées de chiffon. À aucun moment ils n'ont eu une chance de presser la détente de leurs pistolets.

« Tu les as…

— Seulement étourdis. Fichons le camp.

« — On ne va pas laisser Puran…

— On ne peut plus rien pour lui.

— La clé ! »

Kort s'est penché sur le corps du chauffeur et a tiré la clé de la poche de son pantalon. Nous avons trouvé la voiture un peu plus loin, garée devant une façade aux colonnes orangées. Je me suis installée au volant, à droite, un peu désorientée par l'inversion des pédales et du levier de vitesse.

« Vers où on va ? ai-je demandé.

— Démarre. Je t'indiquerai. »

Un coup d'œil dans le rétro m'a montré la rue déserte et les corps immobiles des deux policiers au milieu de la rue. J'ai cru que Kort m'avait menti, qu'il les avait tués ; il semait la mort avec une facilité déconcertante, dérangeante. Je me suis sentie de nouveau manipulée, trahie, salie, j'ai sombré dans une nuit froide et amère, j'ai décelé la présence vigilante de la maladie, le charognard silencieux et implacable qui guettait la moindre de mes failles pour me dépecer. J'ai eu une pensée émue pour Puran, victime d'un conflit entre hommes d'une autre époque qui ne le concernait pas, puis je me suis concentrée sur la conduite, veillant à bien rester sur la gauche et à prendre les ronds-points dans le bon sens.

Kort m'a indiqué de suivre la petite route qui déroulait ses méandres sur une pente assez raide en partie enneigée. J'ai de nouveau perçu les échos, dont la violence m'a presque coupé le souffle.

9

J'ai bien failli rompre, chers amis, je vous avoue que j'étais au bord de la syncope.

Même chose pour moi : je suis vidé.

Maintenir l'échosion réclame une grande quantité d'énergie.

Il nous faudrait nous reposer un peu…

Ce qui équivaudrait à nous livrer sans défense aux humods.

Peut-être pas si nous barricadons la chambre.

Aucune serrure, aucune porte n'est en mesure de leur résister.

Vous avez perçu cet autre écho ?

Il se rapproche. Ce n'est pas un humod, mais sa puissance me semble supérieure.

Un exho ?

Il y a de fortes chances.

À moi, il paraît étrangement familier.

Qu'entendez-vous par là, Shiva ?

Comme s'il y avait une connexion entre nous.

Comment cela serait-il possible ? Nous sommes partis depuis un siècle sans laisser aucune trace.

Nous en avons forcément laissé, puisqu'ils nous ont retrouvés.

Savons-nous au moins si ses intentions sont hostiles ?

Je ne comprends pas pourquoi on nous envoie un exécuteur des hautes œuvres : les humods n'étaient donc pas suffisants, pas dignes de confiance ?

Peut-être vient-il simplement vérifier que le travail a été fait ?

Une sorte d'officier ?

Je suppose qu'il a fallu du temps à notre monde pour percer notre secret.

Je dirais un bon siècle.

Je me demande comment il a évolué.

Pas très bien, je le crains. La preuve : la présence de ces tueurs.

Vous espériez donc qu'on viendrait nous chercher pour nous accueillir comme des héros ?

Je ne suis pas stupide à ce point : je pensais plutôt à un lent ensevelissement dans l'oubli. Un siècle y suffit largement d'habitude. Regardez les hommes de ce temps : ils ont vécu un siècle épouvantable, et ils ont oublié la plupart des conflits meurtriers qui les ont déchirés et sont repartis de plus belle. Je ne comprends pas cet acharnement contre nous.

Nous sommes probablement devenus des figures du mal pour nos contemporains, comme Hitler, ou Staline pour les hommes de ce temps.

Charmant ! Comment savaient-ils que nous étions vivants ?

Simple prévision logique en regard de notre longévité.

De là à dépêcher des humods pour nous éliminer, au risque de perturber la trame du temps, il y a, me semble-t-il, plus que de l'acharnement.

Iriez-vous jusqu'à parler de folie ?

Je crois qu'effectivement le monde dans lequel nous vivions a perdu le peu qu'il lui restait de raison...

Le nouvel écho n'est plus très loin d'ici.

Curieux, plus il se rapproche et plus il m'est familier.

Les vibrations que vous croyez percevoir sont vraisemblablement les fruits de votre imagination, Shiva.

Je n'ai pourtant aucune imagination.

Assez discuté : commençons l'échosion.

À quoi servira-t-elle ? La puissance de l'exho conjuguée à celle des humods ne nous laisse pas l'ombre d'une chance.

Vous voyez une autre solution ?

La négociation ?

Négocier avec un humod revient à parlementer avec un âne mort. Ils ne prêteront aucune attention à nos arguments.

Le moment est donc venu de mourir. J'ai un peu de mal à m'y résoudre.

Nous en sommes tous là.

Tentons au moins la dernière chance. Qui sait ? Les effets de l'échosion seront peut-être plus spectaculaires que nous ne le pensons.

J'en doute : les deux premières m'ont épuisé.

Une chose est sûre en tout cas, je ne me laisserai pas trucider comme un animal dans un abattoir.

Avec quoi vous défendrez-vous, cher ami ?

Un revolver qui a appartenu à ma dernière femme. Un .357 Magnum. Ses balles devraient être assez puissantes pour trouer la peau d'un humod.

Encore faudra-t-il les toucher ?

J'ai suivi des cours de tir près de la dernière résidence où j'ai habité.

Vous pensiez que vous en auriez besoin ?

C'était au départ une simple distraction.

Deux questions, si vous me permettez : comment se fait-il, si c'était vraiment une simple distraction, que vous l'ayez emporté avec vous ? Comment avez-vous réussi à déjouer les systèmes de sécurité des aéroports ?

Je n'en sais rien pour la première question. Peut-être me suis-je bêtement attaché à cet objet ? Pour la deuxième, j'ai conçu une matière qui rend les objets métalliques indétectables.

Vous auriez fait fortune si vous aviez déposé le brevet…

Faire fortune ne m'intéresse plus. Et surtout, j'aurais pris un double risque : attirer l'attention sur moi et perturber la trame.

Les balles de ce siècle seront-elles efficaces contre des hommes dont la peau a été endurcie par manipulation génétique ?

Nous verrons bien. De toute façon, c'est la seule arme dont je dispose.

L'attaque est imminente, chers amis… Commençons l'échosion.

En espérant que ce ne soit pas la dernière.

Nichés à flanc de montagne, les trois bâtiments du *Lengkhar Lodge* se fondaient parfaitement dans le paysage malgré le rouge vif de leurs façades. Les encadrements des portes et des fenêtres en bois sculpté donnaient à l'ensemble une beauté précieuse. Nous avions roulé environ six kilomètres au milieu des nuages et des rizières en espaliers. La concentration que m'avait demandée la conduite à gauche m'avait épuisée, yeux douloureux, mal de crâne, humeur de chien... Mon insomnie fatale familiale se rappelait à mon bon souvenir après m'avoir offert un répit de courte durée.

Kort s'était tendu à mesure que nous nous rapprochions du but. Il n'avait pas prononcé un mot, répondant à mes questions ou à mes sollicitations d'un simple marmonnement, immobile et concentré comme un gros chat ayant repéré une proie. Les échos grandissaient en moi, disharmonieux, désagréables, blessants. Leurs éclats évoquaient les débris incandescents projetés par le souffle d'une explosion.

Kort m'a fait signe de m'arrêter sur le bas-côté à une cinquantaine de mètres de l'hôtel. J'ai rencontré des difficultés à me persuader que cet endroit baigné d'un grand calme était en cet instant le champ d'une bataille entre clandestins du temps. Puis, comme pour infirmer mes sensations, un homme a fondu sur nous avant que nous soyons sortis de la voiture. Un trait lumineux s'est échappé de son bras déplié. Kort m'a appuyé violemment sur la tête pour me contraindre à me baisser. Le rayon a perforé la vitre en laissant un sillage étincelant au-dessus de nous. L'homme a tiré une deuxième fois. L'impact a résonné sur la tôle, et presque aussitôt, une âcre odeur de brûlé s'est répandue dans l'habitacle.

« Sors ! a rugi Kort.

— Mais…

— La voiture va prendre feu. Je m'occupe de lui. »

J'ai ouvert la portière, m'attendant à recevoir un rayon mortel au milieu du front, et me suis éjectée de la voiture. Empêtrée dans mes mouvements, je me suis redressée aussi rapidement que possible. J'ai entrevu, au milieu de la fumée qui montait du capot, Kort aux prises avec l'assaillant, qui n'avait pas lâché son arme. Des traits étincelants en jaillissaient par à-coups et se perdaient dans les nuages qui emmitouflaient les reliefs. Un craquement a retenti. Kort avait saisi son adversaire à la gorge, lui avait empoigné les cheveux sur la nuque et l'avait fait pivoter à cent quatre-vingts degrés d'un geste aussi vif que puissant. Le cou de l'humod n'avait pas résisté. Vertèbres brisées. Il est tombé de tout son poids sur le bitume craquelé. Kort a couru vers moi, m'a prise par la main et m'a entraînée sans ménagement en direction de l'hôtel. Une haleine incendiaire m'a léché le cou. La voiture s'est embrasée quelques secondes plus tard. Elle n'a pas franchement explosé, elle s'est consumée avec un grésillement sinistre pareil à une agonie.

Nous avons recouvré nos esprits en bas du jardin parsemé d'arbres qui montait en pente raide vers les bâtiments.

« Embrasse-moi… »

Les mots s'étaient échappés de ma bouche comme une pensée égarée. La réaction de Kort m'a surprise : il s'est penché vers moi pour poser ses lèvres sur les miennes. Son baiser avait l'âpreté d'un affrontement, l'intensité d'un adieu.

« Combien sont-ils ? ai-je demandé après avoir repris mon souffle.

— Les trois de la Trimurti, quatre humods.

— Tu parviens à différencier les échos ?

— Ceux des humods sont plus graves et plus durs que ceux des humains ordinaires.

— Tu vas tous les combattre ?

— Les humods ne prennent pas d'initiative. Ils ont manifestement reçu la consigne de me tuer. Et de tuer les membres de la Trimurti. Comme si mes supérieurs pensaient que j'étais incapable de m'en charger. Et qu'ils avaient décidé de m'éliminer.

— Pourquoi n'ont-ils pas envoyé directement les humods ?

— Je ne sais pas. Et ils n'ont pas l'intention de me donner les réponses puisqu'ils ont prévu que je ne rentrerais pas. »

En une fraction de seconde, j'ai caressé le rêve absurde d'une vie partagée avec Kort.

« Fichons le camp et laissons-les se débrouiller entre eux. »

Il a secoué la tête sans quitter les bâtiments des yeux.

« Je dois accomplir ma mission, coûte que coûte.

— Tu risques de…

— Je ne suis pas encore mort, a-t-il coupé avec un sourire candide. Et puis, il y a autre chose…

152

— Quoi ? » Il a ignoré ma question. « Ils risquent de t'avoir par surprise…

— Reste derrière moi. »

Il s'est lancé dans l'ascension du jardin dont la pente très raide ne facilitait guère l'exercice. Je suis parvenue à le suivre en m'agrippant aux arbustes plantés à intervalles réguliers. J'ai cru que mes poumons allaient exploser. Le sang me cognait les tempes. Je me suis souvenue que nous évoluions à plus de deux mille mètres d'altitude et que la raréfaction de l'air changeait le moindre mouvement en épreuve de force. J'ai récupéré en bas de l'escalier qui donnait sur le perron du bâtiment central. Aucun autre bruit ne résonnait que le friselis des frondaisons et les cris lointains des hommes et des femmes qui vaquaient aux travaux des champs. Kort ne paraissait pas perturbé par le bref et violent effort que nous venions de fournir, sa respiration était toujours aussi maîtrisée quand la mienne tenait d'une locomotive à vapeur emballée.

Deux jeunes femmes en habit traditionnel de couleur rouge ont traversé en babillant le perron au-dessus de nous sans remarquer notre présence. Si un affrontement meurtrier se déroulait dans les lieux, comme en témoignaient les échos de plus en plus violents, il semblait ne pas déranger le personnel de l'hôtel. Ou bien les combattants étaient d'une discrétion d'ombres, ou bien aucun conflit ne parvenait à troubler la sérénité légendaire des Bhoutanais. Personne n'avait repéré la colonne de fumée noire qui s'échappait de la voiture en train de brûler une cinquantaine de mètres plus loin.

« Tu es sûr qu'ils sont là ? »

Je n'avais pas pu m'empêcher de poser la question, impressionnée par la paix profonde qui régnait sur l'endroit. Kort s'est concentré quelques instants.

« Les humods essaient de briser l'échosion de la Trimurti.

— L'échosion ?

— La fusion des échos. Elle génère un champ de forces impénétrable, mais elle exige une telle débauche d'énergie qu'elle n'est pratiquée que dans des circonstances exceptionnelles. La Trimurti ne tiendra pas longtemps. Elle est arrivée dans cette époque il y a une centaine d'années. Elle faiblit déjà. C'est curieux, je ressens… » Kort s'est secoué, comme pour se débarrasser d'une pensée parasite. « On y va ?

— Encore une fois, laisse les humods se débarrasser de la Trimurti. Tu en auras moins contre toi.

— Je dois y aller.

— Pourquoi ? »

Il m'a fixée avec une expression que je ne lui avais jamais vue, entre détresse et détermination.

« J'ai besoin de comprendre. »

Il a gravi les premières marches.

Ignorant ma frayeur, je lui ai emboîté le pas.

10

Je ne tiendrai plus très longtemps.

Résistez, cher ami, ils sont tout près de nous.

À quoi bon ? Notre rêve est brisé, notre temps s'achève. Nous avions espéré laisser des empreintes de géants, nous n'aurons été que des proscrits, des fugitifs.

L'exho n'est pas loin.

Vous percevez l'écho qui l'accompagne ?

Depuis un certain temps déjà. Ce n'est pas vraiment un écho. Je dirais plutôt une présence ténue, comme s'il émanait de quelqu'un de ce temps.

Impossible : les hommes de cette époque n'émettent aucun signal vibratoire.

Et si c'était lui qui…

Qui quoi ?

Non, rien, sans doute un délire, le simple fruit de mon imagination.

Nous nous sommes dirigés vers un bâtiment
situé à l'écart des autres et paraissant directement arrimé au flanc de la montagne. Nous
avons croisé sur les allées des hôtesses et des
femmes de ménage qui nous ont salués avec
déférence.

Kort marchait devant moi avec la légèreté
d'un fauve. Je ne discernais aucun autre bruit
que les échos qui gagnaient en puissance à
mesure que nous approchions du lieu de
l'affrontement ; ils ne laissaient en moi aucune
place pour la peur. Je pouvais maintenant dis-
tinguer les nuances des vibrations, les unes plus
chaudes, plus claires, les autres plus froides et
sombres. J'avais l'impression d'être plongée dans
le cœur d'un conflit fondamental entre lumière
et ténèbres, et j'en étais étonnée : comment la
lumière pouvait-elle émaner d'une organisation
criminelle ou d'êtres génétiquement modifiés et
utilisés comme tueurs ?

Une silhouette est sortie du bâtiment et s'est
avancée à notre rencontre.

Un humod, reconnaissable à sa corpulence et
à son visage lisse, inexpressif. Un objet métallique brillait dans sa main.

« Attention », a glapi Kort.

Tout est devenu flou tout à coup. Mon champ
de vision s'est élargi, a englobé le bâtiment, le

156

paysage environnant, le tueur en costume bleu devant la porte, Kort à deux mètres de moi. Le temps s'est également modifié, décalé, je me suis retrouvée une ou deux secondes en avance sur le présent. Les paroles du neurologue me sont revenues en mémoire : *La maladie peut provoquer une perturbation des perceptions, une distorsion de la logique chronologique ; mystères du cerveau...*

J'ai su que l'humod s'apprêtait à faire feu avant qu'il n'ait pressé la détente de son arme et, imitant Kort, qui paraissait lui aussi anticiper les intentions de son adversaire, je me suis laissée tomber dans la pente sur ma droite. J'ai roulé jusqu'en bas de la rampe, me heurtant aux arbustes et aux pierres qui jonchaient l'herbe rase. Quand je me suis enfin immobilisée, j'ai eu la sensation d'avoir effectué un séjour prolongé dans une machine à concasser. Parmi les douleurs qui montaient de mon corps, l'une était particulièrement vive au niveau du genou droit, que j'ai cru broyé. J'ai lancé un coup d'œil vers le haut et aperçu la silhouette de l'humod qui, visiblement, ne s'intéressait pas à moi, pas pour l'instant en tout cas. J'ai réussi à me relever et à esquisser deux pas. La douleur au genou ne m'empêchait pas de marcher. Je boitais un peu, mais apparemment je n'avais rien de cassé.

Désemparée, j'ai attendu le retour de Kort, plus ou moins dissimulée derrière un buisson, à l'écoute des bruits, emplie des échos que je sentais très proches, comme si la bataille se déroulait à l'intérieur de moi. Un vent froid a transpercé mes vêtements. Qu'est-ce que je foutais là, putain, dans ce coin du Bhoutan, entraînée dans une histoire à laquelle je ne comprenais rien ? À laquelle Kort lui-même ne comprenait rien ? Pendant que j'y étais, tandis que la pluie fine et glaciale s'amplifiait, je me suis demandé pour la millionième fois ce que j'étais venue faire sur cette terre. J'ai commencé à grelotter et j'ai cherché un abri. J'ai repéré une porte dans le pignon du bâtiment donnant sur une terrasse en bois meublée de tables et de chaises. J'ai hésité un long moment, puis, comme Kort ne revenait pas, comme mes vêtements s'imbibaient de plus en plus, j'ai décidé de me réfugier à l'intérieur de l'hôtel. La peur m'a de nouveau assaillie et invitée à rebrousser chemin. La pente glissante me contraignait à m'accrocher aux branches flexibles des arbustes. La douleur au genou et l'herbe mouillée rendant chaque pas difficile, j'ai serré les mâchoires pour atteindre le haut de la pente. J'ai réussi à me hisser sur la terrasse en bois, qui n'était pas couverte. J'ai jeté un regard derrière moi. L'allée que nous avions empruntée quelques instants plus tôt était déserte. Aucune trace de Kort ni de l'humod, pas davantage dans les parages de l'hôtel. J'ai jugulé comme j'ai pu la panique qui menaçait de me déborder, puis la pluie de plus en plus drue m'a pressée de m'engouffrer dans le bâtiment.

De l'autre côté de la porte, un couloir donnait de part et d'autre sur des chambres. Une femme en habit traditionnel poussait un chariot chargé de linge plié, de produits de toilette et d'un grand sac en tissu dans lequel étaient entassés les draps sales.

Elle m'a interpellée : « Do you need something? »

Son visage brun et rond comme une pomme s'est éclairé d'un large sourire.

« I see: the rain », a-t-elle repris en désignant mes vêtements.

J'ai acquiescé d'un vague hochement de tête. Elle a rangé son chariot contre la cloison et s'est elle-même effacée pour me laisser passer. Bien que boitillante, je me suis éloignée d'une allure dégagée en feignant de connaître les lieux. À l'extrémité du couloir, j'ai avisé une porte entrouverte et suis entrée sans réfléchir dans une suite luxueuse dont le ménage venait d'être fait. J'ai récupéré la clé laissée dans la serrure – le *Lengkhar Lodge* n'était pas encore passé aux cartes magnétiques –, j'ai refermé la porte à double tour, puis je me suis rendue près de la baie vitrée qui donnait sur un balcon. Les nuages emprisonnaient les reliefs et libéraient maintenant une pluie battante. Je me suis laissée choir dans une banquette, incapable de remettre de l'ordre dans mon esprit. Où était Kort ? Avait-il échappé au tueur ? J'ai essayé de restaurer le calme en moi. Peine perdue, les pensées se heurtaient aux parois de mon crâne comme des bêtes enragées aux barreaux de leurs cages. J'ai résisté à l'envie de me dévêtir et de prendre une douche chaude. Comme je ne disposais pas de tenues de rechange, mon sac ayant brûlé dans la voiture, je n'aurais pas d'autre choix que de remettre mes frusques humides, et ce serait encore pire. Il ne me restait heureusement ma pochette contenant mon passeport, mon téléphone portable, des liasses d'euros, de roupies, et le billet électronique du voyage retour plié en quatre. J'avais au moins de quoi quitter le Bhoutan et retourner en France. J'ai hésité un long moment : devais-je m'assurer que Kort était toujours vivant et rester à Trashigang jusqu'à ce qu'il ait accompli sa mission, ou bien commander un taxi et repartir immédiatement pour Timphu et, de là, anticiper mon retour ?

Des bruits de pas et de voix ont retenti dans le couloir. De nouveaux clients venant prendre possession de la chambre ? Ils disposaient dans ce cas d'une autre clé et, même s'ils ne parvenaient pas à ouvrir, ils préviendraient le personnel. Je me suis tenue prête à filer sur le balcon, mais le brouhaha s'est éloigné et je me suis un peu détendue. Curieusement, en dehors des contusions semées par ma roulade dans la pente du jardin, mon corps semblait parfaitement opérationnel, pas fatigué, comme dopé à l'adrénaline. J'étais étonnée que la maladie n'ait pas exploité ma nervosité pour avancer ses pions. Je n'avais même pas eu le réflexe ou l'envie de passer par la case toilettes. Comment retrouver Kort ? Je n'émettais pas d'écho puissant contrairement aux hommes du futur et je ne percevais pas suffisamment le sien pour le localiser de manière précise. Me fallait-il vraiment le retrouver ? À plusieurs reprises, j'ai failli me rendre à l'accueil pour commander un taxi.

Des cris ont transpercé la baie donnant sur le balcon. J'ai vu, à travers la vitre, des membres du personnel affolés courir dans les allées en direction de la colonne de fumée noire qui se délayait dans les nuages comme une encre en apesanteur. Ils avaient enfin remarqué la voiture en train de brûler. La police, certainement déjà prévenue, ferait le rapprochement avec les deux flics inanimés et le cadavre de Puran sur la place de Trashigang, et ne tarderait pas à débouler. Le filet se refermait peu à peu sur nous.

Sur moi.

J'ai pensé à mon père et à Matthieu, figés dans un coma artificiel dont ils ne se réveilleraient peut-être jamais. J'ai eu le sentiment de les avoir trahis, et les larmes me sont venues aux yeux, puis je me suis ressaisie, arrête de te plaindre, de pleurer comme une gamine, de gaspiller ta vie à subir, à gémir, et je me suis efforcée de rétablir le calme en moi. En dehors de Matthieu, je ne laisserais aucun être cher sur ce monde. Mon père ? Il demeurait pour moi un étranger, une muraille dans laquelle je n'avais pas eu la force d'ouvrir une brèche. Quelles raisons avais-je de m'accrocher à cette vie ? Kort ? Il venait du futur et, s'il survivait aux humods, il y retournerait une fois sa tâche accomplie…

Des pas dans le couloir. Une seule personne, marchant avec une discrétion d'ombre mais trahie par les craquements du parquet. Un écho glacial, désagréable. J'ai visualisé la suite de la scène un bref instant avant qu'elle ne se produise : les crissements à peine perceptibles, les gonds qui sautent avec une étrange douceur, la porte qui s'entrouvre à l'envers, une silhouette qui s'engouffre dans la chambre et prend le temps de refermer derrière elle, une femme aux gestes sobres, efficaces, cheveux noir corbeau tirés en chignon, féminité contredite par de larges épaules, des hanches étroites et un visage aux traits anguleux.

Une humod.

Elle s'est avancée vers moi sans hâte. Ses yeux étaient d'une couleur indéfinissable, entre jaune, brun et vert. Ses chaussures de sport offraient un contraste malheureux avec son tailleur gris perle. Je n'ai pas eu besoin qu'elle braque une arme sur moi pour comprendre que je n'avais face à elle aucune chance. Je suis restée figée, avec une résignation déconcertante : ma dernière heure était arrivée, je pouvais enfin cesser de lutter, de me frotter à la matière blessante, je pouvais enfin sombrer avec volupté dans le sommeil éternel. Le sourire enfantin de Matthieu m'est apparu, puis le souvenir m'a effleurée du corps de Kort allongé sur le mien, de ses mains, de ses lèvres, de son sexe, de son odeur, de sa chaleur, de sa douceur.

L'humod s'est immobilisée devant la banquette sans cesser de me dévisager. Je me suis sentie dans la peau d'une souris entre les griffes d'un chat, à cette différence près que je n'ai pas tremblé ni poussé le moindre cri.

Un sourire indéfinissable a plissé ses lèvres.

« Vous allez venir avec moi. »

Sa voix grave, gutturale, avait quelque chose de mécanique.

« Où ?

— Suivez-moi. Ne prenez aucune initiative. Contentez-vous de marcher derrière moi sans dire un mot ni faire le moindre geste intempestif.

— Et si je refuse ? »

L'éclat de son regard est devenu plus intense, presque insupportable.

« Je crains que vous n'ayez pas le choix.

— Qu'est-ce que je risque ? La mort ? Elle m'attend, elle ne m'effraie pas. »

L'humod m'a fixée d'un regard froid un instant : « La maladie vous ronge le cerveau.

— Comment le savez-vous ?

— Vous êtes une aberration de ce temps : vous émettez un écho, faible mais suffisant pour qu'on puisse détecter les dysfonctionnements de votre corps. La mort ne vous effraie pas, mais vous ne souhaitez pas souffrir, n'est-ce pas ? »

Une douleur effroyable m'a soudain laminé le cerveau. J'ai eu beau me replier sur moi-même, me recroqueviller sur la banquette, impossible d'en atténuer l'effet. Cette fois, je n'ai pu retenir une longue plainte.

« Vous ressentirez la même souffrance, et pire encore si nécessaire, si vous ne m'obéissez pas. Suivez-moi. »

La douleur s'est subitement estompée.

Je me suis levée, encore étourdie, et, presque comme un automate, je lui ai emboîté le pas.

11

L'exho s'éloigne.

Il est traqué par un humod.

Étrange : pourquoi le poursuivent-ils ?

Je ne vois qu'une explication : ils ne sont pas du même bord.

Serait-il pour nous un allié ?

Aucune raison que nous ayons des alliés dans notre époque d'origine.

Qui sait ? Les choses ont peut-être changé...

Je ne crois pas. Il doit y avoir un autre éclairage.

Que nous ne connaîtrons sans doute jamais.

Un peu d'optimisme, cher ami : nous ne nous en sommes pas si mal sortis jusqu'à présent.

Le temps joue en leur faveur, vous le savez bien.

L'écho dont nous parlions tout à l'heure, ce signal ténu appartenant à quelqu'un de ce temps, est tout proche de nous maintenant, en compagnie des trois autres humods.

Quel rapport cette personne peut-elle avoir avec les humods ? Avec nous ?

Il n'y a qu'une hypothèse un peu folle, mais possible, sinon plausible.

Laquelle, cher Shiva ?

Plus tard si vous le voulez bien : ils vont déclencher une nouvelle offensive.

L'humod m'a conduite dans un bâtiment situé légèrement en retrait. Les membres du personnel que nous croisions ne nous prêtaient aucune attention, comme si nous n'existions pas. Je me suis souvenue que Kort avait réussi, par la seule force de son esprit, à influencer la femme qui travaillait à l'ambassade de l'Inde ainsi que l'homme qui nous avait reçus à l'ambassade du Bhoutan de Delhi, et j'ai compris que les humains du futur avaient développé des facultés mentales dont mes contemporains et moi étions dépourvus. Sans doute la douleur que m'avait infligée l'humod et la totale indifférence du personnel à notre égard relevaient-elles des mêmes pouvoirs psychiques ? Je n'ai pas cherché à m'échapper, pas envie de ressentir une nouvelle fois la lame brûlante qui m'avait lacéré le cerveau.

Elle marchait, comme Kort, d'une allure d'animal aux aguets. Elle n'avait pas besoin de se retourner pour vérifier que je la suivais. Ses perceptions allaient bien au-delà de celles d'une femme ordinaire. J'ai essayé de repérer Kort dans les environs, mais je n'ai pas vu sa haute silhouette ni décelé son écho. Bien que consciente d'être menée comme une bête à l'abattoir, je n'éprouvais aucun sentiment de gâchis, aucune amertume, j'étais presque soulagée de sortir d'une vie qui m'avait apporté davantage de désagréments que de plaisirs. L'IFF n'était finalement que la conséquence d'un instinct de survie déficient. Kort m'avait insufflé un peu de vie ; par l'un de ces détours ironiques dont le destin se montre friand, il m'avait fallu un amant du futur pour découvrir certaines joies du présent. J'ai souri en imaginant la tête renfrognée et incrédule de mon père si l'occasion m'était offerte de lui raconter mon histoire.

L'humod a ouvert l'une des quatre portes rouges disposées de chaque côté du couloir. Nous sommes entrées dans une chambre. Deux hommes se tenaient dans la pièce, l'un assis sur le grand lit, l'autre posé du bout des fesses sur le coin d'un bureau. Ils m'ont dévisagée avec une attention soutenue, comme s'ils avaient l'intention de pénétrer dans mon esprit. Il m'était difficile de soutenir leurs regards. Les deux hommes se ressemblaient et ressemblaient à la femme, athlétiques, cheveux tirés en arrière, visages figés, yeux à l'expression indéfinissable, un peu comme ceux des chats, mouvements précis et souples.

« Ils résistent encore ? a demandé la femme.

— Nous ne pouvons toujours pas nous introduire à l'intérieur de leur champ de forces », a répondu l'homme assis sur le lit.

Ils parlaient un français légèrement guttural, dans l'intention probable de m'inclure dans leur conversation.

« Leur échosion est plus efficace que ce que nous pensions », a ajouté l'autre homme. Il m'a désignée d'un mouvement du bras. « Elle est peut-être la solution.

— Maintenant que nous savons qui elle est, nous ne pouvons pas la tuer, nous prendrions le risque de perturber la trame. Un risque énorme.

— Éliminer la Trimurti nous fait aussi courir un risque, a objecté la femme.

— Minime. Ils se sont probablement débrouillés pour ne pas intervenir d'une façon ou d'une autre dans cette époque. »

Le regard de l'homme assis sur le lit s'est de nouveau posé sur moi.

« Elle est vraiment celle que vous pensez ?

— Les similitudes sont troublantes en tout cas. Les échos ne mentent pas.

— Peut-on employer le terme d'écho à son propos ? »

Ils parlaient de moi comme d'une marchandise, ou d'un animal exotique. Une bourrasque de colère m'a traversée et tirée de ma torpeur.

« Vous pourriez m'expliquer ce qui se passe avant que je devienne folle ? »

La douleur est aussitôt revenue me vriller le crâne. Je suis tombée à genoux avec un gémissement, les mains posées sur les tempes. L'un des deux hommes s'est approché de moi et m'a poussée de la pointe de sa chaussure. Je me suis affaissée sur le tapis et me suis recroquevillée en position fœtale en espérant que se calmerait, ne serait-ce qu'une seconde, l'intolérable torture.

Les humods ont discuté un long moment dans une langue que je ne comprenais pas avant de revenir vers moi.

« Nous n'avons pas de temps à perdre en explications », a déclaré la femme.

La douleur s'est apaisée, et j'ai pu enfin me détendre.

« Que voulez-vous de moi ? ai-je bredouillé.

— Il se trouve que vous avez une particularité qui peut nous être utile.

— Quelle particularité ? »

Les frémissements désagréables qui continuaient de parcourir mon cerveau m'ont dissuadée de me laisser emporter par une nouvelle vague de colère.

La femme a éclaté de rire.

« Vous ne me croiriez pas si je vous le disais. »

Ils se sont de nouveau désintéressés de moi et ont repris leur conciliabule. Mes bras et mes jambes se sont détendus, je me suis redressée, mais, encore trop faible pour me tenir debout, je suis restée assise sur le tapis.

L'un des deux hommes est sorti de la chambre, l'autre homme et la femme se sont tranquillement carrés dans les fauteuils. Ils semblaient ne me prêter aucune attention, une impassibilité apparente : la moindre tentative de fuite de ma part serait immédiatement sanctionnée par une douleur au cerveau. Le silence est redescendu sur la pièce, accompagné du grondement sourd de la pluie.

Quelqu'un a frappé à la porte. La vitesse à laquelle les humods se sont levés et postés de part et d'autre de l'entrée m'a sidérée. S'est ensuivi un bref échange en anglais. J'ai deviné qu'une femme de ménage souhaitait nettoyer la chambre. L'homme humod lui a suggéré de revenir plus tard, utilisant les modulations de sa voix pour exercer son emprise psychique sur son invisible interlocutrice, qui n'a pas insisté.

Je n'ai pas osé poser l'une des mille questions qui tournaient dans ma tête. Curieusement, la tension et l'irritation causées par l'attente me redonnaient goût à l'existence, irriguaient mon instinct de survie. Je me suis promis, si je sortais indemne de l'aventure, de dévorer avec voracité les derniers fruits de ma vie. Je n'allais tout de même pas mourir avant même d'avoir commencé à vivre. Je me suis levée et, après avoir esquissé quelques pas, j'ai constaté avec plaisir que mes muscles et mes nerfs réagissaient à la moindre de mes impulsions. Longtemps que je n'avais pas expérimenté un tel accord entre mon esprit et mon corps. Les humods ne sont pas intervenus lorsque je me suis approchée de la baie vitrée. La pluie noyait les montagnes environnantes, qui n'étaient plus que des ombres lointaines et figées. Mes vêtements étaient à peu près secs, maintenant. Une silhouette a déchiré les rideaux des gouttes d'eau et s'est avancée sur l'une des allées de l'hôtel. J'ai cru un instant qu'il s'agissait de Kort, mais mon espoir a été de courte durée ; c'était un Occidental blond et rougeaud qui courait sur les dalles de pierre pour échapper à l'averse, un client de l'hôtel sans doute.

Le troisième humod a fait sa réapparition et s'est entretenu avec ses acolytes dans leur langue qui ne ressemblait à aucune de celles que je connaissais.

« Venez ici », m'a ordonné la femme.

Je me suis exécutée avec docilité. L'homme qui était revenu m'a prise par le coude et entraînée vers la porte. J'ai senti la puissance de ses doigts autour de mon bras, qu'il aurait pu broyer avec la même facilité qu'une branche morte. Nous sommes passés dans le couloir et nous sommes dirigés vers la chambre d'en face. L'humod a frappé trois coups. La porte s'est entrouverte, j'ai aperçu le visage d'un homme dans la pénombre.

Même si je ne discernais pas nettement ses traits, il m'a semblé qu'il se dégageait de lui une grande douceur. J'ai prêté attention à l'écho clair, chaud, harmonieux, qui supplantait les vibrations agressives des humods. Une impression a grandi en moi et s'est changée en certitude : nous nous connaissions, ou plutôt nous nous reconnaissions.

Malgré la présence menaçante de l'humod, je n'ai pas pu m'empêcher de demander :

« Qui êtes-vous ? »

L'homme m'a fixée avec attention. Ses yeux brillaient comme des étoiles dans la semi-obscurité. Leur éclat exprimait à la fois puissance et tendresse. Impossible de lui donner un âge : il paraissait à la fois infiniment vieux et éternellement jeune. Il ne m'a pas répondu, il s'est adressé à l'humod dans l'étrange langue qu'ils utilisaient entre eux. J'ai capté cette fois quelques mots au passage, de l'anglais, de l'espagnol, du français mélangés. Les variations brutales de leurs voix, métallique pour l'humod, grave et musicale pour son interlocuteur, et leurs débits hachés traduisaient une extrême tension. J'ai deviné que j'étais l'objet de leur dispute, et je me suis mise à hurler. Impossible d'endiguer les mots qui jaillissaient de moi avec la force d'un torrent.

« Mais putain, vous êtes qui ? Vous me voulez quoi ? Est-ce que quelqu'un pourrait m'expliquer ? »

L'humod m'a regardée d'un air mauvais qui m'a fait craindre le retour de la douleur fulgurante au cerveau.

« Il pense que votre mort entraînerait ma disparition, a répondu l'homme qui se tenait dans l'entrebâillement de la porte. Comme ils ne réussissent pas à nous abattre, ils essaient le chantage. »

Il m'a fallu un bon moment pour que ses paroles se frayent un chemin jusqu'à mon esprit.

« Comment ma mort pourrait-elle entraîner votre disparition ?

— Il nous faudrait un peu de temps pour vous l'expliquer. Nous devons pour l'instant prendre une décision. Soit nous acceptons de nous rendre et ils vous libèrent, soit ils vous tuent, et me tuent par la même occasion. Comme vous pouvez le constater, je n'ai pas le choix : je mourrai d'une façon ou d'une autre. Mais mes deux amis sont placés devant un cas de conscience : leur survie ne dépend pas de vous. »

Je me suis rendue compte, soudain, que je discutais avec l'un des membres de la Trimurti.

« Pourquoi des criminels se soucieraient-ils d'une anonyme comme moi ? » ai-je lancé d'un ton rageur.

Un sourire a éclairé le visage de mon vis-à-vis.

« Pour deux raisons : primo, vous n'êtes pas une anonyme. Secundo, nous ne sommes pas des criminels... »

12

Ils sont entrés tous les trois dans la pièce.

Les trois membres de la Trimurti.

J'ai reconnu celui avec qui j'avais brièvement conversé devant la porte de sa chambre. Je lui ai trouvé un air vaguement familier, un peu comme sur ces vieilles photos de famille où l'on croit reconnaître quelques traits des ancêtres, un nez busqué, une implantation des cheveux, une expression dans le regard…

Très beaux tous les trois. Quelque chose n'allait pas avec leur apparence de quadragénaires. Je me suis souvenue des paroles de Kort, affirmant qu'ils étaient arrivés à notre époque un siècle plus tôt. Ils avaient donc dépassé les cent ans. L'âge n'avait laissé sur eux aucun stigmate, tout comme Kort qui m'avait avoué son quasi-siècle et parlé de la longévité exceptionnelle de ses contemporains. Leurs regards exprimaient sagesse et bonté, à mille lieues en tout cas de ce que l'on peut imaginer de criminels. L'un était grand et brun, le deuxième plus trapu et blond vénitien, le troisième, celui que je voyais pour la deuxième fois, élancé et châtain clair. Ils portaient des vêtements dont la coupe sobre soulignait la qualité des tissus. Après qu'un humod eut refermé la porte à clé, les tueurs ont sorti des objets métalliques brillants ressemblant vaguement à des pistolets.

« Eh bien, mes amis, c'est la fin, a soupiré le grand brun avec un sourire.

— Qu'on en finisse ! s'est exclamé le blond trapu. Je suis épuisé. Mais avant d'exécuter la sentence, permettez-nous de nous présenter à cette dame. Je suis Vishnou, pointe 2 de la Trimurti. »

Il a ponctué sa déclaration d'une brève courbette.

« Brahma, a déclaré le grand brun, pointe 1 de la Trimurti. »

Il s'est incliné à son tour. Le troisième s'est approché de moi, a saisi mes mains dans les siennes et m'a enveloppée de son regard. Son contact, son sourire chaleureux, ses yeux noisette m'ont prodigué un bien-être indescriptible.

« Je suis Shiva, pointe 3 de la Trimurti. Mon inconséquence est en partie responsable de ce triste gâchis.

— Que vous reproche-t-on ? Pourquoi vous êtes-vous réfugiés dans ce temps ?

— Peu importe ! est intervenue la femme humod. À quoi lui servira-t-il de savoir ?

— Elle en a le droit », a riposté Shiva d'un ton sans réplique. Les lèvres de la tueuse se sont légèrement crispées. « Dans les temps anciens, on accordait aux condamnés une dernière volonté ; telle est ma dernière volonté. » Il s'est retourné vers moi sans plus se soucier des humods. « Comme ceux-là ont l'air pressés de nous expédier dans un autre monde, je vais faire court. Nous sommes… nous étions, devrais-je dire, des scientifiques. La physique quantique était notre domaine. Nous avons découvert le secret du voyage dans le temps, ou des trames temporelles. Nous avons refusé de divulguer nos découvertes à nos dirigeants, sachant que ceux-ci comptaient en faire un usage militaire et économique que nous réprouvions. L'histoire humaine regorge d'exemples de… »

Un soupir bruyant de la femme humod l'a incité à accélérer.

« Nous n'avons pas eu d'autre choix que de nous enfuir. Quelle meilleure cachette que le passé ? Nous avons franchi une porte temporelle que nous avons ensuite condamnée d'une façon que nous estimions définitive. Nous sommes passés dans cette époque et dans cette région à la fin de la Grande Guerre. Nous avons commencé nos nouvelles vies en observant deux principes : nous débrouiller pour garder un anonymat absolu et n'avoir aucune influence sur la trame temporelle. Deux événements ont précipité notre perte. Les hommes de notre époque d'origine ont fini par découvrir notre secret et ont envoyé ces… charmants humains modifiés pour nous éliminer. De peur, je suppose, que nous revenions et trouvions le moyen de brouiller les portes. Le deuxième événement est ma propre faille psychologique : je n'ai rien trouvé de mieux que de m'installer dans la maison qui avait appartenu à mes ancêtres en France, le pays d'où je suis issu. Une nostalgie stupide. Il ne leur a pas été difficile de me localiser. Ils ont commencé par chercher dans les régions du globe d'où étaient originaires nos familles. C'est ainsi qu'ils ont pu détecter mon écho, puis de là, nous pister jusqu'au Bhoutan.

— En quoi cette histoire me concerne-t-elle ? »

Ses mains se sont resserrées sur les miennes.

« Tout simplement parce que vous êtes mon… aïeule. »

La révélation m'a laissée pantoise. Mes yeux se sont enfoncés dans les siens, y cherchant l'éclat du mensonge ou de la moquerie.

« Vous… vous foutez de moi ?

— Les échos ne mentent pas : ils sont aussi fiables que les signatures génétiques. Je ne crois pas que ce soit un hasard : le hasard n'a pas sa place dans les champs quantiques. Si incroyable que cela puisse paraître, je disparaîtrais s'ils vous tuaient parce que je ne serais jamais né, vous comprenez ? »

Je n'ai pas saisi tout de suite l'aspect ahurissant, inconcevable, de sa révélation, sans doute parce que mon cerveau n'était pas prêt à l'accepter.

« Il n'y a aucune raison que vous vous sacrifiiez pour moi : je suis condamnée à mort de toute façon.

— J'ai détecté la maladie en vous. Quoi qu'il en soit, nous ne pouvions pas les laisser vous tuer. Votre mort aurait risqué de bouleverser la trame. Vous avez des enfants ? »

J'ai secoué énergiquement la tête en refoulant une brusque et stupide envie de pleurer.

« Comment pourrais-je naître un jour si vous n'avez pas d'enfant ? a-t-il ajouté avec ce sourire magnifique qui illuminait son visage.

— Je ne peux pas en avoir ! »

Ma protestation s'est achevée par une longue plainte.

« Vous en aurez pourtant.

— La maladie ne m'en laissera pas le temps. »

Il a réfléchi, la tête légèrement penchée. J'ai tenté une nouvelle fois de me convaincre qu'il était vraiment mon lointain descendant.

« Comment vous appelez-vous ?

— Jeanne.

— Eh bien, Jeanne, il faudra que vous ayez des enfants. C'est écrit dans le temps. Pour votre maladie...

— Vous avez eu assez de temps », a coupé la femme humod.

Elle a braqué son arme sur la tête de Shiva. Il n'a pas bougé, le regard toujours posé sur moi.

« J'ai été heureux de vous rencontrer, ma lointaine aïeule. »

Un trait étincelant a ébloui la chambre. Un corps est tombé devant moi. Pas celui de Shiva, mais celui de la tueuse, dont la cervelle s'est répandue hors de sa boîte crânienne disloquée. J'ai entrevu un mouvement derrière la baie vitrée au milieu de laquelle béait un orifice de la largeur d'un poing.

Une deuxième ligne scintillante s'est dirigée vers l'un des humods, qui l'a esquivée d'un réflexe fulgurant ; elle a poursuivi sa course rectiligne et frappé Brahma à l'épaule, qui s'est effondré sur le parquet.

« L'exho est de retour », a soufflé Vishnou avant de se pencher sur son compagnon blessé.

Tandis que les humods se postaient de chaque côté de la baie vitrée, Shiva est resté debout, immobile, un sourire indéfinissable sur les lèvres.

« Le temps me l'a pris, il me le rend, a-t-il murmuré d'un ton presque extatique.

— Qui ? »

D'un geste péremptoire, il m'a ordonné de me baisser et de rester cachée derrière le lit en compagnie des deux autres membres de la Trimurti.

« Vous aussi, planquez-vous ! » lui ai-je crié.

Il s'est enfin accroupi près de moi. Une nouvelle onde lumineuse s'est fracassée sur le mur du fond en y abandonnant une fleur noire et fumante. Une odeur de papier brûlé et de minéral fondu a submergé la pièce. Toujours allongé, Brahma a murmuré quelques mots à l'oreille de Vishnou, puis a tenté de saisir un objet dans la poche de sa veste. Comme la blessure à l'épaule entravait ses mouvements, son ami l'a aidé à extirper un énorme revolver gris. Brahma lui a fait signe de s'en munir pour prendre les humods à revers, mais Vishnou lui a fait comprendre qu'il ne pouvait ou ne voulait pas se servir d'une telle arme. Sollicité à son tour, Shiva a considéré le revolver comme s'il s'agissait d'un serpent venimeux. Le regard du blessé s'est alors posé sur moi : j'ai lu dans ses yeux une supplique muette, j'ai tendu le bras et machinalement refermé la main sur la crosse volumineuse. J'ai failli lâcher l'arme, surprise par son poids. Brahma a esquissé une série de gestes dont la signification m'a d'abord échappé avant de comprendre que je n'avais rien d'autre à faire que presser la détente. J'ai douté de ma capacité à enfoncer la languette métallique, déjà que j'éprouvais des difficultés insurmontables à ficher l'embout du chargeur de mon téléphone dans une prise murale. Des sillons lumineux fusaient régulièrement au-dessus de nous.

« Qui le temps vous a-t-il pris ? » ai-je demandé à voix basse à Shiva.

Le moment était probablement mal choisi pour ce genre de question puisqu'il l'a éludée d'une moue. Il a désigné les humods du pouce.

« Concentrez-vous plutôt sur eux.

— Pourquoi avez-vous refusé de vous en occuper ?

— Je suis tellement maladroit que j'ai eu peur de blesser mes amis, de vous blesser. De vous tuer par mégarde, peut-être, ce qui aurait entraîné ma propre disparition.

— Je n'ai jamais tiré avec cet engin !

— Il convient, je crois, de viser et de presser la détente…

— Ma vie a pris un drôle de tournant depuis que j'ai rencontré Kort.

— Kort ?

— L'homme qui vient de votre époque et que j'ai accompagné jusqu'ici.

— L'exho ? »

Deuxième fois que j'entendais ce mot.

« Exécuteur des hautes œuvres, a-t-il précisé. L'un des plus hauts grades de la police de notre temps. Un soldat d'élite. Que vous a-t-il raconté ?

— Que vous êtes des criminels, des traîtres, et qu'il est chargé d'exécuter la sentence… »

L'irruption d'un humod nous a interrompus. J'ai planqué le revolver sous ma cuisse. Il m'a désignée de l'index.

« Viens avec moi. »

J'ai hésité, il m'a dévisagée, une pointe de douleur a perforé mon cerveau, je me suis levée avant que la souffrance devienne insupportable, gardant l'arme de Brahma dissimulée dans mon dos. Shiva m'a encouragée d'un sourire furtif, puis l'humod m'a entraînée en direction de la baie vitrée criblée de trous aux bords noircis, dans le but probable de me transformer en bouclier humain. Son complice adossé au mur surveillait l'extérieur d'où surgissaient de temps à autre des rafales d'ondes éblouissantes.

Des sirènes de voitures de police ont résonné dans le lointain. L'humod a voulu passer derrière moi. Je ne pouvais plus dissimuler le revolver. Une violente décharge d'adrénaline m'a électrisée.

« Qu'est-ce que tu caches dans ton dos ? »

La douleur s'est aussitôt déployée dans mon cerveau, la pièce s'est emplie d'une brume glacée, mes jambes se sont dérobées. Comme dans un rêve, j'ai pointé le revolver sur l'humod avant de m'effondrer sur le plancher. Une ligne étincelante l'a pris pour cible au même moment et a détourné son attention. J'ai pressé de toutes mes forces la détente en gardant le canon levé. La détonation a relégué les autres bruits au second plan. Puis la souffrance est devenue si atroce que je me suis évanouie.

Ma perte de conscience n'a pas duré longtemps. Lorsque j'ai rouvert les yeux, je ne ressentais plus aucune douleur, seulement des fourmillements désagréables. Un peu plus loin, un corps allongé se vidait de son sang. J'ai reconnu l'humod au bout de quelques secondes. La balle lui avait déchiqueté la gorge. Puis des mouvements ont attiré mon regard. La baie vitrée s'est pulvérisée, Kort a surgi entre les éclats de verre et s'est précipité vers le deuxième humod dont le tir a manqué de peu sa cible. Il n'a pas eu le temps de faire feu une seconde fois. Percuté de plein fouet, il a été projeté violemment sur le mur. Il s'est relevé avec la vivacité d'un chat. Les deux hommes se sont battus un long moment au corps à corps, jusqu'à ce que Kort, dans un ultime effort, réussisse à empoigner les cheveux de son adversaire et à lui briser les vertèbres d'un brusque mouvement de torsion.

Shiva a fixé Kort avec une émotion qu'il ne cherchait pas à masquer. Les membres de la Trimurti s'étaient relevés, y compris Brahma, dont l'épaule blessée formait un angle insolite avec son bras.

Kort m'a lancé un regard fugace avant de toiser les trois hommes.

« On m'a chargé de vous exécuter. »

Shiva s'est avancé d'un pas.

« Serais-tu prêt à tuer ton propre père ? »

Kort a gardé son arme levée. Il est resté impassible, mais j'ai décelé la surprise dans ses yeux.

« Qu'est-ce qui vous prend, Shiva ? est intervenu Vishnou.

— J'ai connu une femme autrefois, a répondu Shiva sans se retourner. Une adepte de l'humanité naturelle. Elle était enceinte de moi lorsqu'on est venu m'arrêter.

— Pourquoi nous l'avez-vous caché ? a grondé Brahma.

— Je pensais que ça n'avait aucune importance. J'ai décelé ma signature génétique dans son écho. »

Vishnou a hoché la tête.

« Je comprends maintenant comment ils ont pu retrouver la porte temporelle. Comme nous avons utilisé nos propres séquences génétiques, ils se sont servis de nos traces. Il leur fallait un de nos descendants pour remonter la piste.

— Vous avez été doublement fautif, Shiva, a grondé Brahma.

— Oui, mais j'ai un fils », a répliqué ce dernier avec une fierté presque enfantine. Puis, s'adressant à Kort : « Quel âge as-tu ? »

Kort n'a pas baissé son arme.

« Un peu moins de cent ans.

— Les dates concordent. Et comment s'appelait ta mère ?

— Je ne l'ai pas connue.

— Ils l'ont sans doute éliminée pour te récupérer et se servir de toi. » Shiva semblait réfléchir à haute voix. « Puis ils t'ont envoyé en éclaireur pour ouvrir la porte temporelle et, comme ils savaient que nous découvririons notre parenté par les échos, ils ont expédié des humods pour s'assurer de notre mort. »

Kort a paru soudain désemparé, bouleversé par les paroles de son vis-à-vis, comme si son armure de certitudes se fissurait.

« Nous ne sommes pas des criminels, a repris Shiva d'une voix douce. Nous nous sommes seulement opposés à nos dirigeants parce qu'ils voulaient utiliser nos découvertes d'une manière qui ne nous convenait pas... » Il s'est tourné vers moi : « Je te présente la fondatrice de notre lignée. Une femme exceptionnelle puisque, contrairement aux êtres humains de ce temps, elle est capable de percevoir et d'émettre un écho.

— Pas si exceptionnelle que ça, ai-je protesté. Mon frère aussi en est capable... »

Kort a esquissé un sourire et enfin baissé le bras. Ses yeux se sont posés tour à tour sur Shiva et sur moi.

« C'est la raison pour laquelle la porte temporelle m'a envoyé près de chez toi, Jeanne. Les cordes quantiques : l'écho a traversé les temps. »

Manipulée par les pouvoirs psychiques de la Trimurti, la police bhoutanaise a conclu à un règlement de comptes entre membres d'une mafia étrangère et n'a à aucun moment fait le rapprochement avec nous, s'excusant même des désagréments que nous avions subis.

Les trois hommes ont décidé de retourner dans leur temps en compagnie de Kort pour dissuader leurs contemporains d'utiliser les portes temporelles. Si j'avais bien suivi le raisonnement de Shiva, j'avais fait l'amour avec un homme qui était mon lointain descendant, une forme d'inceste extraordinaire, inconcevable. Et, encore plus extraordinaire, je n'en éprouvais aucun remords, ni même la moindre gêne.

Ils m'ont proposé, avant de partir, d'unir leurs échos pour éloigner la maladie qui me rongeait. Ils m'ont placée, dans une chambre, au centre du carré qu'ils formaient, ont fermé les yeux et sont restés immobiles, immergés dans le silence. Une douce chaleur m'a envahie. J'ai peu à peu perdu la notion de l'espace et du temps, et j'ai glissé dans un état qui n'était ni le sommeil ni le rêve, une torpeur bienfaisante où les pensées, tels de lointains oiseaux, volaient haut et droit dans un ciel lumineux.

Lorsque je me suis réveillée, j'étais seule dans la chambre, allongée sur le lit, baignée d'un grand calme.

Plusieurs évidences se sont imposées : la première, Kort et la Trimurti étaient repartis chez eux pendant que j'étais inconsciente ; la deuxième, mon corps chantait de nouveau, entièrement lavé de la maladie (je n'en étais même pas étonnée) ; la troisième, j'étais enceinte, enceinte d'un homme qui était à la fois mon lointain descendant et le géniteur de la lignée (la perspective me donnait le vertige) ; la quatrième, mon père et Matthieu étaient sortis de leur coma, il me tardait de les retrouver, de les embrasser.

La cinquième, la vie est belle.

J'ai avisé ma pochette posée sur la table de chevet. À l'intérieur, j'ai découvert, entre mon passeport et les liasses de billets qu'ils avaient soigneusement rangées dans l'un des compartiments, un mot signé de Kort et de Shiva : *Avec tout notre amour. Baisers intemporels.*

J'ai eu pour eux une pensée tendre avant de me lever et, en chantonnant, de me diriger vers la salle de bains.

11637

Composition
NORD COMPO

Achevé d'imprimer en Slovaquie
par Novoprint SK
Le 5 décembre 2016

Dépôt légal : janvier 2017
EAN 9782290138915
L21EPGN000623N001

ÉDITIONS J'AI LU
87, quai Panhard-et-Levassor, 75013 Paris

Diffusion France et étranger : Flammarion